校長爺爺教寫作系列

寫出優秀

實用文

謝振強・主編

中華教育

目錄

序一

我是認識校長爺爺的。在不同的教育場景，都會見到他的蹤影，特別喜歡見到他的笑容，總是那麼慈祥可親。

這趟有機會為他的《校長爺爺教寫作系列》寫序，更是我的榮幸。校長爺爺接觸學生無數，觀察與洞悉學生寫作的優缺點，都有深厚的認識。這套系列正好是將校長爺爺的功力發揮得淋漓盡致，無論從「組織及寫作手法」的點評，「思路導航」的「表」文並茂，還有那些「升級貼士」及文末的「校長爺爺點評」，都是點中要「缺」，更加上「好詞好句補給站」，讓詞彙貧乏的學生得着很多有用的貼士，最後加上「小練筆」，讓學生們學以致用。

當我捧讀這套書時，更喜見那些「佳作共賞」的學生作品，內容充實且多元化，資料豐富，貼近生活。千萬別小看這些孩子的作品，我們從中也學到不少豐富的知識，如比薩斜塔的建築，獵豹的特性，至如何舒緩壓力，讀着他們簡潔扼要的說明時，也長了不少知識呢！深信這套系列的出版，可讓學生們提升對寫作的興趣與能力，也讓父母甚至師長，從茫無頭緒不知如何啟發孩子寫作的困境下，得着很多點子與亮光。作為一個愛好閱讀與寫作者，誠意推薦，並期待會見到更多愛上寫作的下一代啊！

羅乃萱
香港著名作家

意大利科學家伽利略稱文字為「人類精神史上最偉大的創造物」，而文字寫作既能夠把自己內心世界的思緒與人分享，也能超越地域及時代去將知識及人類的智慧傳達給他人。所以，我們自幼便需要學習以適當的描述來表達自己的想法、見解、感受及知識。

喜見我們的教育界前輩謝振強校長出版了《校長爺爺教寫作系列》，這除了幫助同學們之外，更為所有寫作人士提供了一個非常實用的教材。在系列中一套四冊，每冊有三十篇文章，都是我們聖公會小學同學的習作。謝校長透過這些作文，首先讓我們了解每一篇文章的組織及寫作手法。在欣賞佳作之後，他又會分析每一位小作者的思路，之後加上他自己的點評，並着讀者留意文章中一些好詞好句；而最難得的就是他在每篇文章後，均找到與主題有關的名人精句深入淺出地加以介紹。故此，這一系列的讀物，都讓我們的寫作技巧加以提升。

事實上，透過這系列，謝校長更讓我們明白寫作的好處，例如，可提高記憶力和理解力、讓我們了解自己學習及消化到多少知識，而讓我們的思想得以發展。

謝校長除了是一位教育家，也是一位出色的領導者。我相信這和他在寫作方面的成就有關。按照美國飛機製造廠洛歇馬丁 (Lockheed Martin) 前總裁奧古斯丁 (Norman R.Augustine) 的分析，能從八萬名工程師和科學家中晉升為管理階層的，他們最突出的共同點，便是擁有以文字明確表達想法的寫作能力。

希望讀者們都能夠透過這一寫作系列，增強我們的寫作能力，以致我們日後都能更好地貢獻社會，造福人羣。

陳謳明

香港聖公會教省主教長

序三

自從擔任聖公宗（香港）小學監理委員會執行委員起，就開始與謝振強校長（謝總）有着極緊密的聯繫。一向深知他的語文造詣高超，往往能夠出口成文，並多次在不同的重要典禮上，擔任主禮嘉賓妙語如珠，令在場與會者和嘉賓們會心微笑，甚至捧腹大笑。

是次謝總再次以校長爺爺的身份，出版教導寫作的著作，相信定必會造福每一位讀者。這套著作既有語文知識的傳遞，也在「升級貼士」及「校長爺爺點評」中，給予價值觀的導引，是全人教育的優質教材示範。

謝總個人的豐富教學及管理經驗，讓他對不同範疇的主題，均有獨當一面的見解，同時也能補充小作家們在該主題上未涉及到的範圍和想法。快速讀完這套著作後，筆者相信這四冊短短的篇章，已經是一套相當全面的通識教學材料。

除了是受人敬重的校長外，謝總又是一位充滿愛心的爺爺，對於與孫兒相同年齡層的學生有深厚的了解和認知，故此，能夠設身處地從孫兒和學生的角度，去看世界、觀人生。這相信也能夠為不同年代的讀者，包括學生、教師和家長，帶來不同的學習和反思。

對希望改善寫作技巧的同學們，謝總這套新作是重量級的參考工具，在此大力推介。

如前所述，謝總是位幽默風趣的退休校長，不知甚麼時候，能夠拜讀他編撰的「校長冷笑話」系列呢？筆者熱切期待！

陳國強

聖公宗（香港）小學監理委員會主席
聖約翰座堂主任牧師

榮幸能為校長爺爺的新書《校長爺爺教寫作系列》寫序，更賞心的是，這是一本散發着墨香的文集，滿載了許多孩子的童真、童善、童美，樸實可愛；這也是一本學習寫作的實用書，記錄了校長爺爺和編輯的分析、點評、建議，極其寶貴。

翻閱這套文集，我被書中內容深深吸引，一種教育工作者欣慰的喜悅湧上心頭，更彷彿回到天真爛漫的童年。孩子的童年是多采多姿的，就像書中「筆的家族」及「陸路交通特工隊」；孩子的童年是創意無限的，就像書中「智能書包」及「我設計的玩具」；孩子的童年是喜愛探索大自然的，就像書中「有趣的中華白海豚」及「大自然的警示」。從「活得健康」及「運動的好處」中，我看到了孩子對健康生活的追求；從「做個誠實人」及「薪金和興趣」中，我看到了孩子對生命價值的尋索；從「開卷有益」、「求學不是求分數」及「學校應否取消所有考試」中，我看到了孩子對學問的渴求及對事理的觀察分析。也許他們的用詞還很稚嫩，文筆還欠暢順，認識還未夠深刻，但他們已經學會了用自己獨特的視角觀察世界，用自己的真情實感去表達對生命和生活的認識及思考。

這套文集還有一個鮮明的特點，就是載錄了校長爺爺給每篇作品的分享，將他從事教育工作超過半個世紀所累積的經驗及圓融智慧，向讀者們傾囊相授。當中有解構文章組織、寫作手法及思路的分析點評，有提升文章內涵的「升級貼士」，更有鼓勵讀者動筆寫作的「小練筆」，讓讀者在享受閱讀樂趣之餘，還可從中掌握到寫作的竅門，感受到寫作也可以是件輕鬆的樂事。

相信這套文集是一塊引玉的磚，是一塊他山之石，能吸引更多孩子拿起筆桿，創作出優秀的文章，翱翔豐富多彩的寫作天地。

鄧志鵬

聖公會青衣主恩小學校長

聖公會小學校長會主席

序五

　　早於八、九十年代入行初期，已從當時聖公會聖雅各小學時任校長張浩然總校長口中聽過謝振強校長的名字；惟直至二十年前加入聖公會校長行列才真正認識謝校長。還記得他曾任聖公會小學校長會主席，榮休後擔任辦學團體總幹事，從此我們便尊稱他為「謝總」！

　　謝總不但縱橫教育界逾半個世紀，多年來擔當着聖公會小學校長團隊領航員的角色，一直不遺餘力地扶持及指導後輩同工。認識他的朋友一定敬佩他時刻都中氣十足、聲如洪鐘、目光如炬、威而不惡……還有他記憶力驚人，且有過目不忘的本領，任何文字錯漏都難逃他的法眼！而他也不吝嗇時間精神，不厭其煩地提點我們，作為後輩校長實在感恩有此好前輩、好師傅！

　　當上爺爺後的謝總在威嚴的臉龐上經常加添了慈祥的笑容！「家有一老，如有一寶」，謝總不單是他家庭內的寶貝爺爺，也是聖公會小學這個大家族裏的瑰寶！難得校長爺爺願意繼續在教育路上發光發熱，我深信憑着謝總爐火純青的功力，《校長爺爺教寫作系列》一定能夠成為小朋友寫作路上的明燈！

張勇邦

聖公會聖雅各小學校長

香港資助小學校長會名譽主席

第一次聽到「謝總」這稱呼，我即肅然起敬，因為這稱謂令我聯想起企業總裁甚至國家領袖。謝總曾貴為敝宗小學監理委員會的總幹事達十六年之久，支援聖公會五十所小學，指導新晉校長適應新的崗位，位份舉足輕重。

謝總是一位校長，也是一塊大磁石。他一雙凌厲的眼神、一臉嚴肅的面容，令權威二字躍然於額上，但這卻沒嚇怕他的學生和同事，因為只要他稍一轉臉，脣角向上一翹，便展現了慈祥可親的笑容，學生總喜歡簇擁着他，像被磁力吸引一樣。

謝總是一本活字典，也是一本歷史書。任何場合邀請他分享兩句，只見他深深吸一口氣，便找到一個有趣的切入點，將事情的來龍去脈娓娓道出，時而提問，時而反問，十五分鐘內他不用換氣，不能不拜服謝總的博學多才，過目不忘的記憶力。

今喜見《校長爺爺教寫作系列》面世，讓一眾莘莘學子可以從謝總的博學中學習，打穩根基，寫好文章。於我，唯一美中不足的是，這叢書晚了三十多年才出版，害筆者中小學每次作文時，也寫得天花亂墜，東拉西扯，硬湊字數交卷。

祝願謝總退而不休，以不同形式繼續造福學界。

後記：我建議謝總下次可出版《爺爺教寫序》！

何錦添
聖公會聖多馬堂主任牧師

序七

感謝上主的安排，讓我有幸成為聖公會置富始南小學校長，能與校長爺爺——謝振強校長合作，跟他學習，獲益良多。

記得我還未上任，喜獲謝總送贈《校長爺爺：「拼」出教育路》一書。粗略一覽，讀出謝總的過去，一步一個腳印，以生命拼出教育路。教育工作任重道遠，亦是一個終身承諾，從謝總對教育委身，獲得啟導，生命與教育合一無間。

早前得悉謝總的《校長爺爺教寫作系列》將會出版，整理聖公會屬校小作家的佳作，讓小讀者們可以共賞：賞析文章的組織及結構，有助寫出提綱；賞析文章的寫作手法，掌握更靈活的修辭方法和更豐富的表達；賞析文章的寫作思路，幫助形成構思方向。

謝總熱心教導，期望小讀者學有所成，精心點評加以點撥，從某一點怎樣修改；或指出文章的閃亮點，從而增強小作者的自信和動力；學生把這些教導及好句記在腦裏，作為以後寫作的指導，又能達到知識的遷移，希望在下一次寫作中獲得成功。

心作良田耕不盡，善為至寶用無窮。此書不單讓小讀者得益，作者收益將撥歸聖公會聖多馬堂，作教會慈善用途。謝總，謝謝你為教育工作的努力和付出。

黃智華

聖公會置富始南小學校長

1 一次參加比賽的經歷

組織及寫作手法

日記的開始格式恰當。

開首（第1段）： 記述「我」為鋼琴比賽準備一年，在比賽日緊張而渴望奪獎的心情。

正文（第2段）： 記述到達比賽現場時的緊張心情。

① 心理描寫：能透過直接抒情、身體反應及自言自語等敍述角度，呈現剛到比賽現場時複雜而矛盾的心情，以文句刻畫出當時的緊張，細節豐富。

正文（第3段）： 記述比賽開始時壓力增加。

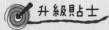 升級貼士

這篇日記在抒情及心理描寫方面很精彩，建議可加入更多敍事的部分，例如記敍對手的表演情況，加深對比賽經歷的印象。

📖 佳作共賞

十月二十日　星期三　陰

今天是一年一度「全港小學生鋼琴比賽」的日子，我十分緊張。為了這次比賽，我準備了快一年的時間，下定決心要拿到渴望已久的冠軍錦旗。

到了比賽現場，我變得更加緊張了。① 我的手心開始冒汗，不斷地安慰自己：「不要緊張，這首樂曲我已經彈得十分熟練，絕對不會出錯的！」即使如此，我還是無法冷靜下來。

比賽開始了，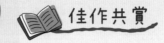我的對手表現得非常出色，大家都彈奏得很動聽，這使我的壓力不斷增加。看來這次比賽，必定愈來愈緊張了啊！

很快到我出場了，② 我深呼吸一下，然後開始演奏。一開始，我彈奏得十分流

暢。② 我如魚得水般的演奏，使我的信心不斷增加，彷彿看到冠軍錦旗在向我招手！偏偏在這一刻，意外發生了。我彈錯了一小段，② 這使我大驚失色，慌忙地想補救。無奈地，由於太過緊張，我竟然把曲譜忘了！不久，評判叫停我，示意我毋須再演奏下去。② 我心想之前所有的努力都泡湯了，別說冠軍，恐怕優異獎都未必拿得到。

　　果然不出所料，我連優異獎也沒拿到。③ 我感到十分失望，明明可以得到冠軍，卻因為疏忽失去了！但即使如此，我也不是一無所獲。這次比賽，令我明白到放鬆心情參與比賽，好好享受演奏的過程，比只以獲獎為目標去參賽更重要。

正文（第4段）：記述「我」在演奏期間發生意外的過程與心情變化。

② 借事抒情：在記述演奏過程的同時，夾雜不同階段的心情變化，以抒情帶動情節，以情節反映情感，使段落豐富精彩，切合日記的寫作特色。

總結（第5段）：記述結果雖然失望，但比賽的經歷卻令「我」學會放鬆與享受更為重要。

③ 思考深刻：能從失望的結果反思出積極的想法，坦然接受自己的疏忽，並對參加比賽的本質及應有心態有所思考，相信思考的結論比冠軍對作者有更大的意義。

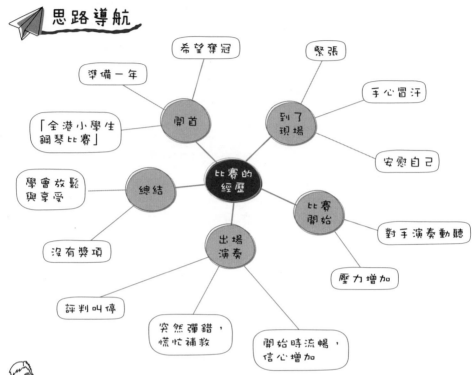

思路導航

希望奪冠

準備一年

「全港小學生鋼琴比賽」

開首

緊張

手心冒汗

到了現場

安慰自己

比賽的經歷

學會放鬆與享受

總結

比賽開始

對手演奏動聽

沒有獎項

出場演奏

壓力增加

評判叫停

突然彈錯，慌忙補救

開始時流暢，信心增加

校長爺爺點評

　　寫日記或記敍文，一般人喜歡寫出比賽前心情緊張，信心不足，看見對手良好表現更覺膽怯。幸而到了比賽時表現出色，愈戰愈勇，結果順利奪標。

　　作者本篇日記，卻給人意想不到的結局，她失敗了。雖然如此，她卻沒有氣餒，反而得到新啟示，給人宣示了正能量的重要。

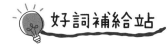 好詞補給站

冒汗	流暢	疏忽	渴望已久	十分熟練
如魚得水	大驚失色	不出所料	放鬆心情	好好享受

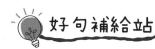 好句補給站

關於享受的句子

- 這次比賽，令我明白到放鬆心情參與比賽，好好享受演奏的過程，比只以獲獎為目標去參賽更重要。

- 享受擁有，也享受盡頭；享受掌聲，也享受寧靜；享受出走，也享受逗留；享受偶然豐盛，也享受命中註定。

 小練筆

你試過參加比賽嗎？試記述你觀察對手表現的經過。

比賽開始了，我的對手＿＿＿＿＿＿＿＿＿＿＿＿＿＿＿＿＿

＿＿＿＿＿＿＿＿＿＿＿＿＿＿＿＿＿＿＿＿＿＿＿＿＿＿＿＿＿

＿＿＿＿＿＿＿＿＿＿＿＿＿＿＿＿＿＿＿＿＿＿＿＿＿＿＿＿＿

＿＿＿＿＿＿＿＿＿＿＿＿＿＿＿＿＿＿＿＿＿＿＿＿＿＿＿＿＿

＿＿＿＿＿＿＿＿＿＿＿＿＿＿＿＿＿＿＿＿＿＿＿＿＿＿＿＿＿

＿＿＿＿＿＿＿＿＿＿＿＿＿＿＿＿＿＿＿＿＿＿＿＿＿＿＿＿＿

寫作提示

各種比賽都可能涉及聽覺與嗅覺的效果，尤其是音樂比賽必然與聲音相關、烹飪比賽必然與味道相關。若能透過文字，呈現出無法看見的聲音與味道，必然比直述肉眼所見的行為動作，更能創造出另一種藝術的享受。

2 停電了

日記的開始格式恰當。

開首（第1段）：倒敍電力恢復可以繼續寫作業。

① 倒敍：以停電後的結局開展日記，在日記的結構上發揮創意，使讀者好奇。

正文（第2段）：回憶停電前寫作業及停電後嘗試開燈的情況。

 升級貼士

如手機有電筒，不太建議停電時獨自在家點蠟燭，以免發生意外，而可描述黑暗中或電話光線照射下的情景。

正文（第3段）：回憶停電難以讀書，其後爸爸回來修復電力的經過。

② 描述寫實：能具體寫實地描述停電時自己對風扇冷氣無法運作的反應，使讀者易於投入停電的情景中。

佳作共賞

七月四日　星期一　晴

① 電力恢復了，我終於能繼續寫我的作業！

今天晚上，我正在家中上網搜集資料，準備摘抄到作業本時，「啪嗒」一聲，電燈全都熄滅了。我以為停電，但聽到隔壁傳來的電視聲，才知道原來只是我家斷電了。身旁一片漆黑令我手足無措。我嘗試重新開燈，但沒任何反應。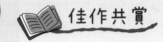突然，我想起家中有些蠟燭，於是亮起手機的電筒尋找。

找到蠟燭點燃了，但光線不足以看清書本，所以我決定等電力恢復了再學習，先休息一會。② 冷氣停了，風扇也開不了。我拿起書本不停地搧風，卻還是滿頭

大汗。半小時後，爸爸回來了。我向他述說停電的經過，爸爸說應該是電路超負荷，跳閘了。爸爸拿起工具，上去便一輪操作，很快把電力修復好。電燈重新亮起來，我可繼續做功課了。

　　這次的經歷，③讓我感受到電力在生活中的重要，也讓我下決心平日要節省用電，不再讓電路超負荷導致停電。

總結（第4段）：從停電得出啟發，表達出電力的重要及決定節省用電。

③ 思考長遠：不單對事件有感受與想法，並能得到啟發，立定決心，避免事件再次發生，更能帶出節省能源的好處。

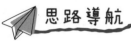

思路導航

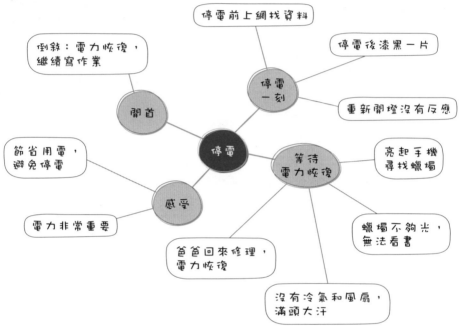

- 停電前上網找資料
- 停電後漆黑一片
- 重新開燈沒有反應
- 亮起手機尋找蠟燭
- 蠟燭不夠光，無法看書
- 沒有冷氣和風扇，滿頭大汗
- 爸爸回來修理，電力恢復
- 電力非常重要
- 節省用電，避免停電
- 倒敘：電力恢復，繼續寫作業

停電一刻

停電

等待電力恢復

開首

感受

校長爺爺點評

　　作者用倒敍法開始，吸引讀者好奇，繼續閱讀下去，以寫日記為題材的作文課可以。

　　不過在現實生活中，寫日記的作用是記載日常生活點滴，作自己日後回憶，所以寫起來一般比較平實，不用太花巧的。

好詞補給站

摘抄	啪嗒	熄滅	隔壁	點燃
搖風	述說	跳閘	不足以	超負荷
電力恢復	一片漆黑	休息一會	滿頭大汗	節省用電

好句補給站

關於黑暗的句子

• 「啪嗒」一聲,電燈全都熄滅了。我以為停電,但聽到隔壁傳來的電視聲,才知道原來只是我家斷電了。身旁一片漆黑令我手足無措。

• 天昏地暗,不要擔心,至少可以沉睡,至少可以有夢。

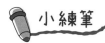 **小練筆**

如果你家停電了,你會有甚麼感受?試改寫第 2 段。

我嘗試重新開燈,但沒任何反應。＿＿＿＿＿

＿＿＿＿＿＿＿＿＿＿＿＿＿＿＿＿＿

＿＿＿＿＿＿＿＿＿＿＿＿＿＿＿＿＿

＿＿＿＿＿＿＿＿＿＿＿＿＿＿＿＿＿

＿＿＿＿＿＿＿＿＿＿＿＿＿＿＿＿＿

＿＿＿＿＿＿＿＿＿＿＿＿＿＿＿＿＿

＿＿＿＿＿＿＿＿＿＿＿＿＿＿＿＿＿

寫作提示

在黑暗中,我們的感官會特別敏銳。如果不怕黑的話,動筆前,試試讓自己身處黑暗之中,聽聽平常聽不見的聲音、嗅嗅平常嗅不出的氣味、摸摸平常摸不到的質感,甚至可以試試在黑暗中做日常事,感受一下有何不同。

3 遠足記

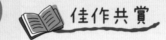

佳作共賞

日記的開始格式恰當。

開首（第1段）：記述爸爸帶「我」到金山郊野公園遠足，得到很大收穫。

正文（第2段）：回憶登山過程，記述爸爸從大樹帶出深刻的處事道理。

① 對白巧妙：能按照遠足路上所見所聞，安排相關的對白，從大樹的生長方式得到啟發，可見觀察力強、思想深刻。

正文（第3段）：記述小孩子在九龍接收水塘遊玩的情況，回憶自己小時候到沙灘玩耍的樂趣，並拍下照片。

② 心思細膩：從小朋友的笑容憶起自己小時候的樂趣，從而意識到時間過得很快，自己已長得很大，想法耐人尋味。

一月十三日　星期日　晴

　　今天，爸爸帶我到金山郊野公園遠足，令我有很大的收穫。

　　我們先從長源路登山，沿途看見許多靈敏的猴子。牠們時而跳到樹上，時而在人行道上奔跑，顯得活潑又可愛。走着走着，我發現一棵挺拔的大樹長在路邊的斜坡上，特別的是，它的根部竟然沿着斜坡垂了下來。①站在我身邊的爸爸說：「這棵大樹有很高的智慧，它的根莖努力地向下生長，希望能夠找到提供營養的泥土，它的生命力可真頑強啊！雖然它只是一棵平平無奇的大樹，但那種堅毅的精神，實在很值得我們學習呢！」我點點頭，看着這棵大樹，我想我明白了爸爸的話。

　　沿着迂迴曲折的小徑，我們到達了九龍接收水塘。這是一個不太大的水塘，卻吸引了很多父母帶子女來遊玩。小孩子一邊津津有味地吃着手裏的餅乾，一邊拿着樹枝在沙地上畫畫。②看見他們天真爛漫的笑容，我想起自己小時候在沙灘上隨意

畫畫的樂趣。時間過得真快，轉眼間，我已經長得這麼大了。③ 我給熱鬧的水塘拍了一張照片，便繼續前進。

接着，我們到了石梨貝水塘。這個水塘的大小跟九龍接收水塘差不多，但這裏無比寧靜。④ 雖然聽不到小朋友的笑聲，顯得有點寂寞，但我更喜歡清靜的環境。③ 我和翠綠的石梨貝水塘合照後，就跟它告別了。

然後，爸爸和我一起到了九龍水塘。「嘩！這個水塘真大啊！」我站在大壩上驚歎。遠處綠油油的小山倒映在明鏡般的水面上，像一幅巨大的山水油畫，大自然真是太美了！③ 我給巨大的水塘拍了很多張照片，才心滿意足地下山。

回到家中，我累得躺在沙發上。原來一路上，我陶醉於美景中，所以才沒有覺得疲憊呢！經過這次體驗，我明白到遠足既可以鍛煉身體，亦可以盡情欣賞大自然美景，真是一舉兩得啊！

正文（第 4 段）：比較石梨貝水塘及九龍接收水塘的環境，並與水塘合照。

③ 層層推進：以拍照作為線索，先是拍了一張照片，繼而合照，最後拍了很多張照片，層層推進，從中暗示了自己對各個水塘的喜好與評價。

④ 間接描寫：通過描述聽不到孩子的笑聲，側面寫出石梨貝水塘環境寧靜。

升級貼士

由於其他段落相當精彩，第 4 段主要描述石梨貝水塘的寧靜，相對簡單，於是略嫌失色，建議結合多感官描寫，寫出水塘更多獨特之處。

正文（第 5 段）：驚歎九龍水塘的偌大與美態，並拍下了很多照片。

總結（第 6 段）：歸納對今天遠足的感受，呼應首段提及的很大收穫。

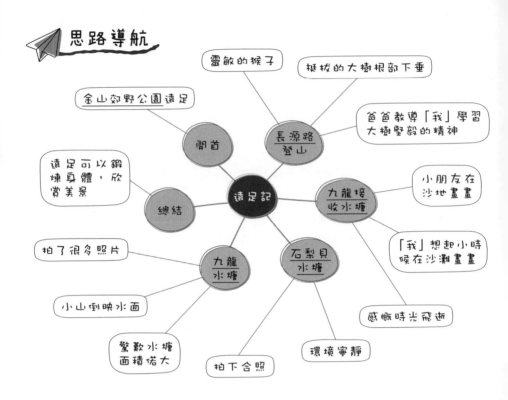

思路導航

- 靈敏的猴子
- 挺拔的大樹根部下垂
- 金山郊野公園遠足
- 爸爸教導「我」學習大樹堅毅的精神
- 開首
- 長源路登山
- 遠足可以鍛煉身體，欣賞美景
- 遠足記
- 總結
- 九龍接收水塘
- 小朋友在沙地畫畫
- 「我」想起小時候在沙灘畫畫
- 拍了很多照片
- 九龍水塘
- 石梨貝水塘
- 感慨時光飛逝
- 小山倒映水面
- 驚歎水塘面積偌大
- 拍下合照
- 環境寧靜

校長爺爺點評

作者這篇日記，記載到<u>金山郊野公園</u>遠足，沿途經過<u>九龍接收水塘</u>、<u>石梨貝水塘</u>、最後抵達<u>九龍水塘</u>，記敍得很有層次。

「猴子時而跳到樹上，時而在行人道上奔跑」，又說「走着走着……」這類手法，都寫得不錯。

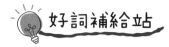

好詞補給站

根莖	頑強	驚歎	倒映	陶醉
疲憊	靈敏的	挺拔的	轉眼間	平平無奇
迂迴曲折	天真爛漫	無比寧靜	心滿意足	盡情欣賞

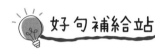

好句補給站

關於郊遊的句子

- 小孩子一邊津津有味地吃着手裏的餅乾，一邊拿着樹枝在沙地上畫畫。看見他們天真爛漫的笑容，我想起自己小時候在沙灘上隨意畫畫的樂趣。時間過得真快，轉眼間，我已經長得這麼大了。
- 遠處綠油油的小山倒映在明鏡般的水面上，像一幅巨大的山水油畫，大自然真是太美了！
- 人人把心靈寄託於靜恬之境，不必聽出甚麼來，事事順其自然，無由勉強，天下就寧靜了。

小練筆

香港有哪個地方令你覺得很獨特？這個地方是怎樣的？為甚麼令你覺得獨特？試加以描述。

_____令我覺得很獨特，因為

_____

_____

寫作提示

有些地方可能單憑名字或名聲，會使我們有既定的印象。但親歷其境或搜集資料過後，可能會發現到未及注意的獨特之處，這不但可作為寫作材料，使段落與別不同，更能使整篇文章有個人特色。

4 措手不及的生日

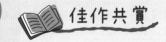

佳作共賞

日記的開始格式恰當。

開首（第1段）：倒敘今天經歷了措手不及的生日。

正文（第2段）：回憶早上，家人的表現與平日有點不同，「我」以為他們忘記了自己生日。

① 心理描寫：能直接寫下自己內心想法，記錄自己的思考與疑惑，語調符合日記的特色，能以心理描寫帶動情節發展。

正文（第3段）：回憶抵達學校，沒有同學跟「我」祝賀的情況。

正文（第4段）：回憶放學後「我」到公園等候好友，她跑來告知「我」家中有大驚喜。

三月六日　星期五　晴

　　今天是我的生日，不過今天所發生的事情，真是令我措手不及呢！

　　由早上醒來，直到吃早餐時，一切都沒有異樣，但我總覺得好像有點跟平常不一樣。①怎麼回事呢？讓我想想……哦！我知道了！姐姐平常不是很喜歡說話嗎？為甚麼今天卻一言不發呢？還有，在我生日那天，爸爸不是會跟我聊聊當天要做甚麼的嗎？難道……他們已經……忘掉了我的生日？我一邊想，一邊盯住他們，但是他們卻沒有反應。唉，好吧！既然他們忘記了，那我也不好意思說甚麼了。最後，我灰溜溜地到了學校。

　　抵達學校後，同學也沒有走過來向我祝賀。我不是在昨天跟他們說了嗎？忽然，我的好朋友走過來，對我說：「放學後，我們在青衣公園的遊樂場玩耍，好嗎？」我一聽，心想：太好了！終於有人記得我的生日！

　　放學後，我準時在青衣公園遊樂場的滑梯前等候她。五分鐘……十分鐘……

咦！快四時正了，怎麼她還沒出現呢？我想到：也許……她突然有事呢？也有可能……她找不到我呢……啊！那個不正是她嗎？② 她氣喘吁吁地跑過來，對我說：「呼呼……快……快回家，我們有……有大驚喜給你！」🎯 我一言不發便和她一起跑回家了。

叮噹！叮噹！我氣急敗壞地按下門鈴，卻沒有人回應，我再用力地拍門，砰砰砰！我問道：「爸爸，姐姐，你們在家嗎？」突然之間，③ 家門詭異地打開了，裏面漆黑無光，彷彿黑洞，想把我吸進去似的。我不禁吞下了口水……

「嘻嘻……哈哈哈！」笑聲傳來。咔嚓一聲，燈忽然亮了，在燈光的照射下，熟悉的面孔出現在我的家中，有：爸爸、姐姐、同學……啊！媽媽也回家了，她居然請假回家陪我過生日哦！我激動地擁抱了我的家人。原來他們一直為我準備生日派對呢！

對於這次的驚喜，我十分感恩，因為家人給我準備了很多我喜歡的食物、禮物，我更要感謝他們替我安排了這個驚喜。

② 語言描寫：能透過擬聲、標點及反復等方式，以對白呈現角色跑步後的喘息與匆急，繪聲繪影，使記述的畫面呈現讀者眼前。

🎯 升級貼士

因為好朋友告知家中有大驚喜，於是與她一起跑回家，則作者或已猜到家人為自己準備慶祝生日。所以，可以在描述回家的過程中，加入更多心理描寫，表達聽到好朋友的說話後有何想法與感受。

正文（第5段）：回憶「我」回到家門時的情況。

③ 渲染氣氛：以比喻描述家門突然打開的詭異畫面，營造了緊張氣氛。

正文（第6段）：回憶家人同學為自己準備生日派對。

總結（第7段）：感謝家人為自己生日準備了派對與驚喜。

思路導航

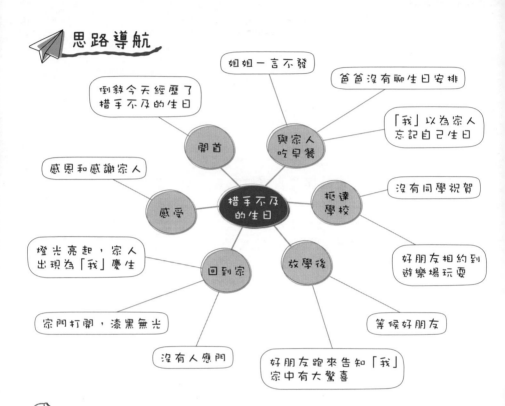

姐姐一言不發

爸爸沒有聊生日安排

倒敍今天經歷了措手不及的生日

「我」以為家人忘記自己生日

開首

與家人吃早餐

感恩和感謝家人

措手不及的生日

抵達學校

沒有同學祝賀

感受

燈光亮起，家人出現為「我」慶生

回到家

放學後

好朋友相約到遊樂場玩耍

家門打開，漆黑無光

等候好朋友

沒有人應門

好朋友跑來告知「我」家中有大驚喜

校長爺爺點評

　　作者對慶祝生日很有期待，在日記中將自己忐忑的心情，心中感受描寫得很吸引。

　　對在青衣公園等候的心情和打開家門的一刻，見到家人和一眾同學的出現，都描述得不錯。

好詞補給站

盯住	祝賀	感恩	詭異地	激動地
措手不及	沒有異樣	一言不發	不好意思	灰溜溜地
氣喘吁吁	氣急敗壞	突然之間	漆黑無光	咔嚓一聲

好句補給站

關於心理的句子

* 由早上醒來，直到吃早餐時，一切都沒有異樣，但我總覺得好像有點跟平常不一樣。

* 我一邊想，一邊盯住他們，但是他們卻沒有反應。唉，好吧！既然他們忘記了，那我也不好意思說甚麼了。

* 突然之間，家門詭異地打開了，裏面漆黑無光，彷彿黑洞，想把我吸進去似的。我不禁吞下了口水⋯⋯

小練筆

假如讓你改寫第 5 段，你會怎樣描述家門外的情況？

> 　　叮噹！叮噹！我氣急敗壞地按下門鈴，卻沒有人回應，我再用力地拍門，砰砰砰！＿＿＿＿＿＿＿＿＿＿＿＿＿＿＿＿＿＿＿
>
> ＿＿＿＿＿＿＿＿＿＿＿＿＿＿＿＿＿＿＿＿＿＿＿＿＿＿＿＿＿
>
> ＿＿＿＿＿＿＿＿＿＿＿＿＿＿＿＿＿＿＿＿＿＿＿＿＿＿＿＿＿
>
> ＿＿＿＿＿＿＿＿＿＿＿＿＿＿＿＿＿＿＿＿＿＿＿＿＿＿＿＿＿

寫作提示

按照劇情安排，「我」早已從好友口中得知家中有大驚喜。改寫段落時，不妨考慮以上因素，加入「我」的心理描寫。

5 倒楣的一天

佳作共賞

日記的開始格式恰當。

開首（第1段）： 藉倒敘入題，帶出今天若能早起便不會倒楣。

正文（第2段）： 回憶昨晚很晚睡，今早不願起牀，結果只能急忙出門，但已趕不及校車。

① 敍述寫實：能寫出日常生活中常見的情況與失誤，「我」的想法與反應亦十分寫實，能呈現日記的寫作特色。

② 用字精準：能選擇恰當的喻體，生動地表示自己出門的飛快，對比校車慢慢駛離，反映時間只差一點，使「目送」的「可惜」與「無奈」更強烈。

十一月二十三日　星期一　晴

　　今天，如果我能早五分鐘起牀，就不會發生這一連串倒楣的事情了。

　　昨天晚上，① 我只顧玩耍很晚才睡覺，所以今早鬧鐘響了也不願起牀，還以為今天是星期天呢。我慢吞吞地爬起來，一看到今天是星期一，嚇得目瞪口呆，馬上急急忙忙地換好校服，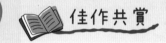吃了一片熱騰騰的麵包，② 便背起書包像弓箭一樣衝出家門。可惜，最後只無奈地目送校車慢慢駛離車站。

　　到了學校，我提心吊膽地走進教室，知道已經遲到了，只好羞愧地向老師道歉。之後，同學問我：「你的功課呢？」我頓時醒覺忘記了收拾書包。我戰戰兢兢地舉起發抖的左手，結結巴巴地對老師說：「對不起……我沒……沒有帶……功課……」老師怒火中燒，狠狠地訓斥了我一頓，叫我好好反省。

日記

終於放學了，我一踏出校門，天上下起大雨。我想起昨天媽媽提醒我要把雨傘放進書包，我卻無視她的說話，現在只好冒雨跑回家。結果，我感冒了。真倒楣！

回想整天發生的事情，③我可以怨天尤人嗎？要不是自己貪玩、粗心大意，又不聽媽媽的提醒，怎會發生這一連串倒楣的事情呢？還是化悲憤為力量，決心改掉壞習慣，不再重蹈覆轍，才是化解倒楣的最有效方法。

🎯 升級貼士

情節不詳細，例如急忙之中為甚麼會出現「熱騰騰的麵包」。除了將句子刪去，亦可用更仔細的敘述，使情節言之成理，例如交代在換校服前把麵包塞進多士機之類的原因。

正文（第3段）：記述遲到與忘記收拾書包，結果給老師責罵。

正文（第4段）：記述放學下雨沒有帶雨傘，結果因冒雨跑回家而感冒。

總結（第5段）：反省一連串倒楣事件的原因，決心要改掉壞習慣。

③主題深刻：能對倒楣事件加以反思，思考倒楣的原因與解決的方法，使文章更見深度。

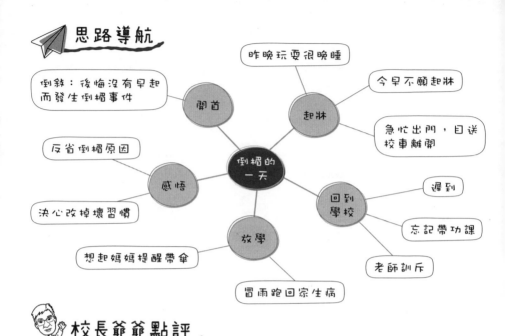

思路導航

- 開首
  - 倒敘：後悔沒有早起而發生倒楣事件
- 起牀
  - 昨晚玩耍很晚睡
  - 今早不願起牀
  - 急忙出門，目送校車離開
- 倒楣的一天
- 回到學校
  - 遲到
  - 忘記帶功課
  - 老師訓斥
- 放學
  - 想起媽媽提醒帶傘
  - 冒雨跑回家生病
- 感悟
  - 反省倒楣原因
  - 決心改掉壞習慣

校長爺爺點評

　　文章命題《倒楣的一天》，作者可能虛構或誇張了部分情節，以致有些地方交代得不夠詳盡，令讀者如丈八金剛，摸不着頭腦。如：1. 如果能早五分鐘起牀：只遲了五分鐘起牀，說服力不足。2. 作者錯失了校車：文中未有交代用甚麼方法回校。3. 冒雨跑回家：要說清楚下車後，否則可能被問為甚麼不搭校車。4. 老師怒火中燒：學生偶然遲到，老師怎會這樣，有點誇張了。

　　加入虛構情節或運用誇張手法時，要有客觀事實作為基礎，不宜無中生有，也要恰到好處，不能過量運用。

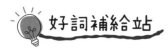

好詞補給站

倒楣	目送	慢吞吞	熱騰騰	羞愧地
發抖的	目瞪口呆	慢慢駛離	提心吊膽	戰戰兢兢
結結巴巴	怒火中燒	怨天尤人	粗心大意	化悲憤為力量

好句補給站

關於慌張的句子

- 我慢吞吞地爬起來，一看到今天是星期一，嚇得目瞪口呆，馬上急急忙忙地換好校服，吃了一片熱騰騰的麵包，便背起書包像弓箭一樣衝出家門。

- 到了學校，我提心吊膽地走進教室，知道已經遲到了，只好羞愧地向老師道歉。

- 我戰戰兢兢地舉起發抖的左手，結結巴巴地對老師說：「對不起⋯⋯我沒⋯⋯沒有帶⋯⋯功課⋯⋯」

小練筆

試按照自己的經歷或想像改寫本文第 2 段，使故事的開首更合情合理。

昨天晚上，＿＿＿＿＿＿＿＿＿＿＿＿＿＿＿＿＿＿＿＿＿＿＿＿＿

＿＿＿＿＿＿＿＿＿＿＿＿＿＿＿＿＿＿＿＿＿＿＿＿＿＿＿＿＿＿＿

＿＿＿＿＿＿＿＿＿＿＿＿＿＿＿＿＿＿＿＿＿＿＿＿＿＿＿＿＿＿＿

＿＿＿＿＿＿＿＿＿＿＿＿＿＿＿＿，背起書包像弓箭一樣衝出家門。

寫作提示

記敘事件要考慮內容的前因後果，不宜出現沒頭沒尾的流水帳，而要提供充足的線索解釋記載的事件，發揮日記紀錄的功能。

「生涯財智策劃家」工作坊

組織及寫作手法

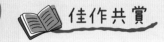 **佳作共賞**

日記的開始格式恰當。

開首（第1段）：記述回到學校，對「生涯財智策劃家」工作坊十分期待。

正文（第2段）：記述活動開始時禮堂的情景。

① 場面描寫：能描寫出活動進行時禮堂的設置與整體畫面，透過特定環境刻畫出活動的情況。

正文（第3段）：記述活動的目的、基本設定及準備事項。

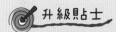 **升級貼士**

下文記述的情節與這些知識並未完全相關，建議可刪去不直接相關的「制定預算」或「債務管理」等，或是加入更仔細的描述，交代如何透過遊戲學習到這些知識。

七月九日　星期五　晴

　　我今天如常回校上課，但是這天卻跟往日不同，因為大部分時間都是到禮堂參加「生涯財智策劃家」工作坊。回到學校，我和同學興致勃勃地討論兩節課後的活動。這究竟是怎樣的活動呢？真讓人期待啊！

　　終於到了活動的時間，在老師的帶領下，我們來到禮堂。① 那裏擺放了多張大桌子，每張桌子前都有一位導師。我和組員趕忙走到自己的座位坐下，留心聆聽主持人的講解。

　　原來這個活動是希望我們用桌上遊戲學會管理財富，更好地規劃自己的人生。開始玩遊戲了，導師說遊戲是模擬剛踏入職場的青年人的理財狀況。玩家要學習如何設定財務目標，制定預算，儲蓄，投資，風險和債務管理。首先他給我們一張目標紙，那是在遊戲完結時讓自己查看是

否完成目標的。我在各種選項中選擇了「財務自由」和「交遊廣闊」兩項。

②在遊戲中我不斷地提高自己的「工作經驗」，想儘快達到「財務自由」。可是，一場突如其來的「家居意外」令我有一筆巨額支出。

遊戲完結了，我翻開目標紙，才發現自己連一個目標也達不到。③我一心想儘快達到「財務自由」，卻把「交遊廣闊」這項目標完全拋諸腦後，這些情況如現實生活一樣。雖然這只是遊戲，但我在這次活動中學會了要及早養成儲蓄的習慣，還明白了理財與生涯規劃的連繫。

正文（第4段）：記述「我」在遊戲過程的表現。

②細節描寫：記錄了遊戲中的細節與出現過的名詞，活靈活現。

總結（第5段）：總結遊戲結果，表達從遊戲所得的啟發。

③反思深刻：能把遊戲過程比擬為現實生活，從個人的遊戲體驗反映現實生活中的想法及情況，發人深省。

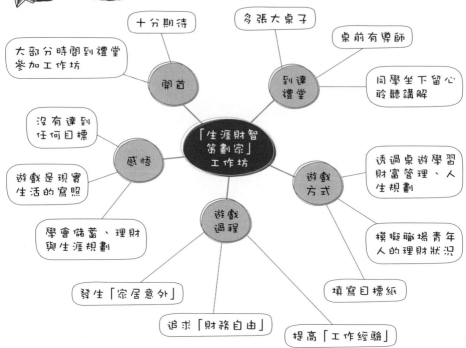

- 十分期待
- 大部分時間到禮堂參加工作坊
- 開首
- 多張大桌子
- 桌前有導師
- 到達禮堂
- 同學坐下留心聆聽講解
- 沒有達到任何目標
- 感悟
- 遊戲是現實生活的寫照
- 「生涯財智策劃家」工作坊
- 透過桌遊學習財富管理、人生規劃
- 遊戲方式
- 模擬職場青年人的理財狀況
- 學會儲蓄、理財與生涯規劃
- 遊戲過程
- 發生「家居意外」
- 追求「財務自由」
- 填寫目標紙
- 提高「工作經驗」

校長爺爺點評

「生涯財智策劃家」是一個內容比較陌生的工作坊，作者將整個工作坊的過程，有條不紊的描述出來，不錯！

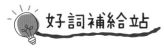

好詞補給站

模擬	職場	儲蓄	支出	及早
興致勃勃	留心聆聽	桌上遊戲	管理財富	理財狀況
財務目標	交遊廣闊	突如其來	拋諸腦後	生涯規劃

好句補給站

關於目標的句子

* 遊戲完結了，我翻開目標紙，才發現自己連一個目標也達不到。我一心想儘快達到「財務自由」，卻把「交遊廣闊」這項目標完全拋諸腦後，這些情況如現實生活一樣。
* 名利是達成目標後前來探訪的客人，若把客人當成生活的目標，心靈的門窗則不會再敞開了。
* 幸福是人生的最高目標。（亞里士多德）

小練筆

你有玩過與金錢相關的遊戲嗎？試分享你的經驗，以及從遊戲中得到的啟發。

> 我試過玩_____
>
> _____。
>
> 這啟發了我_____
>
> _____。

寫作提示

可以先簡單介紹遊戲，說明遊戲中可以如何得到與運用金錢、要賺到金錢需要付出甚麼等。繼而思考這些付出是否值得等問題，從遊戲帶到現實生活中的啟發與得着。

7 勇敢的事情

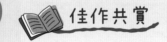 佳作共賞

日記的開始格式恰當。

開首（第1段）：呼應主題，為自己鼓起勇氣打流感針而自豪。

正文（第2段）：記述去打針前課室的緊張氣氛與自己的緊張心情。

① 明喻：把心跳加速的嚴重程度比喻成心臟快要掉出來，具體清楚地表達了自己當時的緊張。

正文（第3段）：記述到達禮堂，護士叫學號時同學的各種神態。

② 排比：把同學聽到護士叫學號的各種神態與反應並列出來，表達出不同同學對打針的不同感受，呈現對打針的未知與不確定，使段落更豐富。

十一月四日　星期三　晴

　　今天，我做了一件很勇敢的事情，就是打流感針，這令我十分自豪。

　　今天衛生署的護士來學校替我們打流感針。當教學助理來帶領我們到禮堂打針時，課室突然鴉雀無聲，同學平日笑容燦爛的面孔也嚴肅起來。老師為了替大家舒緩緊張的氣氛，便笑着說：「放鬆點，不痛的，很快便完。」那一刻我的心情七上八下，非常緊張，一想到護士把尖尖的針頭扎進我的手臂，便覺得寸步難行，①心臟怦怦地跳，像快要掉出來似的。

　　到達禮堂後，我們坐在地上聆聽護士講解打針的事項。②護士逐一叫我們的學號時，同學有的緊張得面無血色，緊握拳頭，手心冒汗，有的像平常一樣輕鬆自如，有的互相勉勵說「不要怕」。我則喃喃自語道：「只是扎一下，不要想太多。」

　　我打針的時候，看到笑容滿面的護士，心情頓時放鬆了一些。③ 我把手伸給護士，屏住呼吸，閉緊雙眼，只痛了一下便結束，感覺像是給螞蟻咬了一口。

　　今天，我做了一件既勇敢又自豪的事情。恐懼只是自找的，◎ 我學會了以後要鼓起勇氣，輕鬆面對各種挑戰。

正文（第4段）：記述自己打針的經過與感受。

③ 神態描寫：在第一人稱的視角中，對自己的神態與動作進行描寫，間接反映自己的緊張與克服恐懼的過程，細節符合日記的寫作特色。

總結（第5段）：抒發感受，學懂恐懼與否取決於自己的心態，可以透過勇氣克服。

◎ 升級貼士

面對不同的挑戰時，可以選擇不同的態度。自然而然，不一定要一直以勇敢或輕鬆的態度面對各種挑戰。例如恐懼、興奮、緊張、疲倦等全都是可以出現的感受。

思路導航

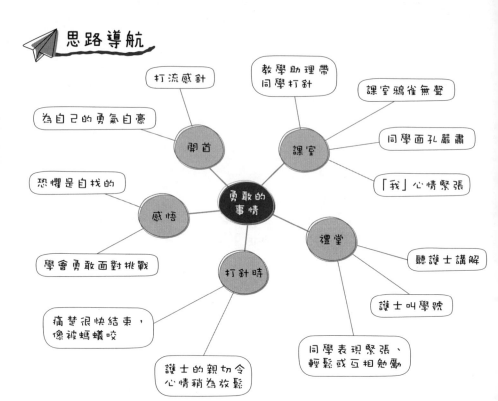

勇敢的事情

- 開首
  - 打流感針
  - 為自己的勇氣自豪
- 課室
  - 教學助理帶同學打針
  - 課室鴉雀無聲
  - 同學面孔嚴肅
  - 「我」心情緊張
- 禮堂
  - 聽護士講解
  - 護士叫學號
  - 同學表現緊張、輕鬆或互相勉勵
- 打針時
  - 痛楚很快結束，像被螞蟻咬
  - 護士的親切令心情稍為放鬆
- 感悟
  - 恐懼是自找的
  - 學會勇敢面對挑戰

校長爺爺點評

小朋友都有在學校接受注射的經驗，且各人感受不同。

作者用輕鬆手法，將接種疫苗情況描寫得活靈活現，細讀下如同個人感受，寫得不錯。

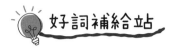

好詞補給站

扎進	自找	鴉雀無聲	笑容燦爛	七上八下
寸步難行	怦怦地跳	面無血色	緊握拳頭	手心冒汗
輕鬆自如	互相勉勵	喃喃自語	笑容滿面	屏住呼吸

好句補給站

關於緊張的句子

- 當教學助理來帶領我們到禮堂打針時,課室突然鴉雀無聲,同學平日笑容燦爛的面孔也嚴肅起來。

- 那一刻我的心情七上八下,非常緊張,一想到護士把尖尖的針頭扎進我的手臂,便覺得寸步難行,心臟怦怦地跳,像快要掉出來似的。

- 我把手伸給護士,屏住呼吸,閉緊雙眼,只痛了一下便結束,感覺像是給螞蟻咬了一口。

小練筆

參考以下例子,構想面對挑戰時可能會有的想法或態度,並試試解釋當中原因。

> 例子:在面對強弱懸殊的比賽時,可能會為比賽而枕戈待旦,在比賽途中謹慎應對,因為誰勝誰負只此一次,不容有失。
>
> 在＿＿＿＿＿＿＿＿＿＿＿＿時,可能會＿＿＿＿＿＿＿＿＿＿＿,因
>
> 為＿＿＿＿＿＿＿＿＿＿＿＿＿＿＿＿＿＿＿＿＿＿＿。

寫作提示

面對挑戰並沒有必須要有的想法或態度,往往是取決於挑戰的內容與時機、自己當下的狀態與心態。沒有必要事事勇敢或輕鬆,也不需要永遠畏懼或脆弱,面對挑戰時應有的態度應該由自己決定。

8 蟑螂進教室

組織及寫作手法

日記的開始格式恰當。

開首（第1段）：記述昆蟲飛進教室的一刻。

正文（第2段）：描述同學的不同反應。

① 對比：以同學受驚尖叫和拍打蟑螂，對比自己處之泰然的反應，符合作者不畏蟑螂且對自然生物慈悲友善的形象。

 升級貼士

「頓時熱鬧」一詞帶感情色彩，按前文後理似是誤用，可改為「吵鬧」、「喧鬧」等。

正文（第3段）：描述蟑螂在教室到處亂飛的經過和結局。

佳作共賞

五月八日　星期三　晴

　　今天，同學正津津有味地聽吳老師的語文課。突然，來了位不速之客——一隻大蟑螂飛進教室，打破了教室的寧靜。

　　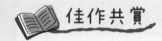教室頓時熱鬧起來，同學的注意力都集中在大蟑螂上。① 有些人嚇得尖叫，有些人想用圖書拍牠，我只是淡定地看着這一切。

　　這時吳老師說：「大家冷靜，別害怕，牠一會兒就會飛走，不會傷害我們的。」聽到吳老師的話，我們都安靜下來了。蟑螂一直飛來飛去，一時前，一時

z

c
30　寫出優秀實用文

後，一時左，一時右，到處亂飛。終於，牠停在窗邊，② 只聽到啪的一聲，可憐的蟑螂在<u>靠窗同學的語文書</u>下停止了呼吸。

「上課上課！」在<u>吳</u>老師的呼喚聲中，班上恢復了平靜，但是我心裏有些難受。③ 如果牠能成功飛出去，那該多好啊！

② 用字委婉：作者沒有描述蟑螂死去的模樣，又以「停止了呼吸」暗示牠已經死去，含蓄用語表達作者對蟑螂的同情。

總結（第 4 段）：記述班上恢復寧靜，抒發難過之感。

③ 想法獨特：對大部分人厭惡的昆蟲顯現出同情心，並以此想法作為故事的結尾，頗有眾生平等的況味。

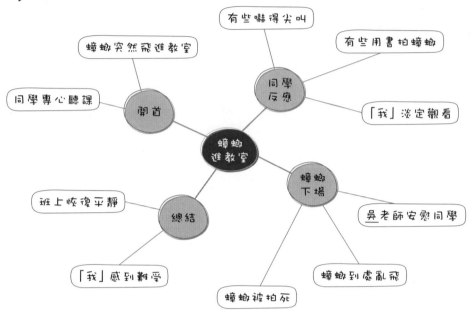

校長爺爺點評

　　蟑螂飛進課室，相信大家立時
會想到喧嘩混亂的境況。

　　蟑螂突然飛進課室，在同學們
高聲呼叫下，課堂上立時一片騷亂
作者都能寫得很真實，可讀性高。

好詞補給站

寧靜	頓時	淡定	靠窗	恢復
注意力	津津有味	不速之客	嚇得尖叫	飛來飛去

好句補給站

關於悲傷的句子

- 牠停在窗邊，只聽到啪的一聲，可憐的蟑螂在靠窗同學的語文書下停止了呼吸。

- 班上恢復了平靜，但是我心裏有些難受。如果牠能成功飛出去，那該多好啊！

- 以後的快樂永遠不夠，擁有的悲傷總是永久，不知是否有甚麼理由，但只能接受。

小練筆

試簡單描寫一個熱鬧的場景。

_____ 頓時熱鬧起來，_____

_____

_____

_____

寫作提示

熱鬧的場景中，相信人數不會太少，而且他們會在進行一種或多種活動。我們可以透過比較各人的行動，或以今昔作為對比，呈現當下的熱鬧，以及熱鬧過後的景況。

9 一件令我尷尬的事

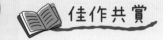 佳作共賞

五月二十日　星期四　晴

今天早上，老師帶我們到操場做健體操。老師叫我們蹲下，等他一聲令下再跳起來。可是，在我身上發生了一件尷尬的事情。

同學突然發出笑聲，一開始我不以為意，①直到他們的笑聲愈來愈大，甚至指着我的下半身大笑，我這才發現，原來我的短褲破了一個大洞呢！當同學知曉我發現短褲破了洞後，①笑得更大聲了！我心想：現在怎麼辦呢？要不要跟老師說呢？但是告知老師的話，不是全班同學都會知道嗎？

　　我趁着同學還在哈哈大笑，② 馬上捂住屁股，夾住短褲，然後找張椅子坐下來。那時，老師察覺到同學都在笑，又發現我坐下了，便上前來問我發生何事。可是，② 我結結巴巴的，並未說出話來，雙手只顧捂住屁股和拉扯褲管。老師看到我這麼不自然，大概猜到一二了。 最後，老師叫我到校務處借用後備短褲，並提醒我下次要多加小心。

　　回想起當時的情景，我仍感到羞澀萬分，我已經沒有面目見人了！③ 唉，我今天尷尬極了！

正文（第3段）：記述老師發現「我」的尷尬情況，雖然未說話老師已猜到一二。

② 神態描寫：運用準確生動的動詞，描寫自己尷尬的神態，刻畫出自己當時的心情。

 升級貼士

結局略嫌簡略，建議可把獨自走到校務處的過程寫出來，交代事件的結果。

總結（第4段）：抒發現在依然尷尬的感受。

③ 直接抒情：透過歎息，在故事結尾直接表達與抒發自己的尷尬與憂愁，使文章的情感更顯而易見。

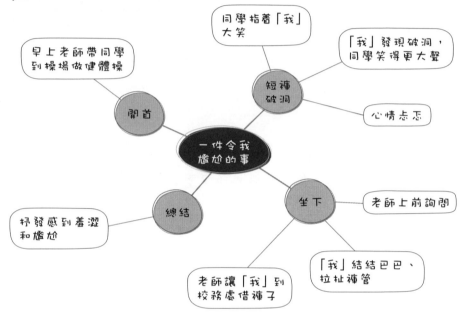

思路導航

- 同學指著「我」大笑
- 「我」發現破洞，同學笑得更大聲
- 心情忐忑
- 短褲破洞
- 早上老師帶同學到操場做健體操
- 開首
- 一件令我尷尬的事
- 總結
- 抒發感到羞澀和尷尬
- 坐下
- 老師上前詢問
- 「我」結結巴巴、拉扯褲管
- 老師讓「我」到校務處借褲子

校長爺爺點評

　　這是一篇很傳神的日記，一件看似簡單，但是容易發生的尷尬事，落在作者身上。

　　他寫出別人對他的取笑、自己內心的矛盾、以及老師的幫助，都恰到好處地陳述出來，寫得不錯。

好詞補給站

一聲令下	不以為意	搵住屁股	夾住短褲	結結巴巴
拉扯褲管	猜到一二	羞澀萬分	沒有面目	尷尬極了

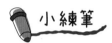 **好句補給站**

關於窘態的句子

- 我趁着同學還在哈哈大笑，馬上搵住屁股，夾住短褲，然後找張椅子坐下來。

- 我結結巴巴的，並未說出話來，雙手只顧搵住屁股和拉扯褲管。老師看到我這麼不自然，大概猜到一二了。

小練筆

試續寫故事的結局，想像「我」從操場到校務處借後備短褲的經過。

寫作提示

可先思考從操場到校務處沿途會經過甚麼地方、會不會遇到甚麼困難，最後再想像自己一路上隨所在位置而變化的想法與感受，為故事寫上更圓滿的結局。

10 倒楣的一天

佳作共賞

日記的開始格式恰當。

開首（第1段）：記述雨後放晴，「我」和家人出外散步。

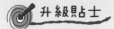 升級貼士

雖然在故事開首設定了與家人一起，但隨着情節發展，家人在故事中完全消失。建議設計與自己家人相關的情節，並透過與家人互動抒發感受，使故事內容變化更多。

正文（第2段）：記述「我」在賞花時，給白鴿的糞便擊中頭部。

① 佈置懸念：先以「小雨點」借喻白鴿糞便，再透過描述自己撫摸、細看及驚歎的連串動作和反應，揭曉真相，準確地刻畫出人物的行動與想法。

六月十九日　星期六　晴

　　一連幾天的大雨，把我們困在家中，實在是悶慌了！今天終於放晴了！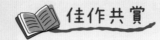我急忙拉着家人到附近的公園散散步，舒展身心。可結果竟不如所願，還遇到一連串倒楣事。

　　一路上，我們一邊欣賞綠樹紅花，一邊談天說地。正當我們聊得興起，一羣白鴿從頭上飛過，①幾滴「小雨點」灑落在我的頭上。我伸手一撫，仔細一看，啊！根本不是雨點，是白鴿糞便。美好的心情即時給破壞！但當我大歎倒楣，趕着回家清洗的路途上，又一件倒楣事讓我碰上了。

就在我趕着過馬路時，一輛 ② 汽車從我身邊飛馳而過，路邊蓄積了一晚的污水，嘩的一聲，濺了我一身。眼看着漂亮的衣裳瞬間污跡斑斑，骯髒極了！我在心中直呼：「怎麼這麼倒楣！」

我帶着髒兮兮的身體疾步飛奔回家，恨不得立刻打開水龍頭，③ 沖走這一身倒楣的東西。然而到了大廈門口，我被迫止步了，兩台電梯竟然發生故障！等待使用的居民正大排長龍輪候剩餘的一部升降機…… 我欲哭無淚，只好忍受，忍耐着…… 平時只需三分鐘的時間，結果我等了三十分鐘才回到家。

真是倒楣的一天！希望這些倒楣的事情永遠不要再發生在我的身上。

正文（第3段）：記述「我」回家過馬路時，給飛馳的汽車濺了一身污水。

② 記敍詳細：能記敍汽車駛過的快慢、路邊污水的由來、濺身的經過和結果，描寫井然有序，善於觀察。

正文（第4段）：記述「我」回到住所大廈時遇上電梯故障。

③ 想像豐富：把抽象的倒楣比擬為可以用水沖走的實物，聯想生動，使感受更強烈。

總結（第5段）：總結全日感想，希望不要再發生倒楣事件。

思路導航

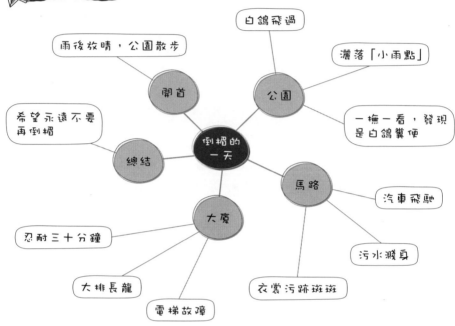

白鴿飛過

雨後放晴，公園散步

灑落「小雨點」

開首

公園

希望永遠不要再倒楣

一撫一看，發現是白鴿糞便

倒楣的一天

總結

馬路

汽車飛馳

忍耐三十分鐘

大廈

污水濺身

大排長龍

電梯故障

衣裳污跡斑斑

校長爺爺點評

作者把白鴿糞便落在頭上、汽車飛馳污水濺身、電梯故障大排長龍等情節和感受描述出來。接二連三的倒楣情節，真令人感同身受。

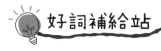
好詞補給站

悶慌	放晴	蓄積	恨不得	一連幾天
舒展身心	不如所願	綠樹紅花	聊得興起	飛馳而過
嘩的一聲	污跡斑斑	心中直呼	疾步飛奔	欲哭無淚

好句補給站

關於骯髒的句子

- 正當我們聊得興起，一羣白鴿從頭上飛過，幾滴「小雨點」灑落在我的頭上。我伸手一撫，仔細一看，啊！根本不是雨點，是白鴿糞便。
- 過馬路時，一輛汽車從我身邊飛馳而過，路邊蓄積了一晚的污水，嘩的一聲，濺了我一身。眼看着漂亮的衣裳瞬間污跡斑斑，骯髒極了！
- 不喜歡空氣混濁，不喜歡滿城病毒，只願世間變綠。

小練筆

如果你是主角的家人，你會怎樣記述主角的遭遇？試從主角家人的角度，記下其中一件倒楣事件的所見所感。

_____

_____

_____

_____

寫作提示

同一件事情發生在不同人物身上會有不同觀感，不同人物在同樣時間地點經歷相同的事情，亦會有不同的想法。人物的反應取決於他們的身份與個性等因素，先確定以怎樣的人物作為敘述角度，再構想他們的所見所感，便會相對容易。

11 我和家人到九龍公園遊覽

組織及寫作手法

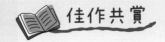 佳作共賞

日記的開始格式恰當。

開首（第1段）：記述與家人過了溫馨難忘的周末。

① 擬人：把陽光比擬為展露笑容的人，表示天氣晴朗，亦使幸福快樂的情感更強烈鮮明。

正文（第2段）：描述公園的景物和遊覽經過。

② 嗅覺描寫：記述「我」以敏銳嗅覺感受花草香與雪糕香，並稱自己為「饞嘴貓」，含蓄地表達自己對食物的喜愛。

五月六日　星期六　晴

今天，爸爸媽媽和我一起度過了既溫馨又難忘的周末，① 和煦的陽光展露着爛漫的笑容。

我和媽媽到了九龍公園遊覽。那邊有很多姹紫嫣紅的花朵，桃李爭妍。小鳥唱出宛轉的樂曲，賣弄清脆的歌喉。我聽到小鳥的樂曲，深深地陶醉在曲子中。花朵鮮豔奪目，小草嫩嫩綠綠的。② 我嗅到春風帶來花朵香、青草香。一嗅到香甜的氣味，便知道媽媽買了草莓雪糕給我這個「饞嘴貓」。雪糕又香甜又軟滑，很美味。我感到滿滿的幸福。

日暮降臨，我有點戀戀不捨，流連忘返。③「夕陽無限好，只是近黃昏。」這次美好的旅程讓我感受到大自然的美麗。我希望將來有機會再到此一遊，與美不勝收的春光再度相會。我能與爸媽享受天倫之樂實在幸福，心裏忽然感動了，像暖意在心間上流動。

總結（第 3 段）：抒發對遊覽公園的美好感受。

③ 引用：透過引用<u>李商隱</u>的詩句，表達日暮的美好，使日記記載的想法更充實。

升級貼士

題目其中一個關鍵字是「家人」，建議在記述遊覽時多補充與家人的互動，呈現甚麼是「天倫之樂」，以及為何「感到幸福」。

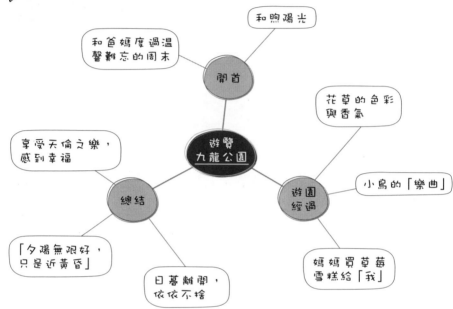

和煦陽光

和爸媽度過溫馨難忘的周末

開首

花草的色彩與香氣

享受天倫之樂，感到幸福

遊覽九龍公園

小鳥的「樂曲」

總結

遊園經過

「夕陽無限好，只是近黃昏」

媽媽買草莓雪糕給「我」

日暮離開，依依不捨

校長爺爺點評

　　「陽光展露着爛漫的笑容」、「小鳥唱出宛轉的樂曲，賣弄清脆的歌喉」、「與美不勝收的春光再度相會」和「心裏忽然感動了，像暖意在心間上流動」。這些句子都寫得很好，能增強一篇文章的美感。

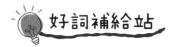

好詞補給站

和煦	春光	饞嘴貓	姹紫嫣紅	桃李爭妍
鮮豔奪目	嫩嫩綠綠	日暮降臨	戀戀不捨	到此一遊

好句補給站

關於味道的句子

- 我嗅到春風帶來花朵香、青草香。一嗅到香甜的氣味,便知道媽媽買了草莓雪糕給我這個「饞嘴貓」。雪糕又香甜又軟滑,很美味。我感到滿滿的幸福。

- 躺於草地,芳香撲鼻,吸一口氣,吸到青綠的氣味。

- 我們吃五穀,麋鹿吃美草,蜈蚣吃小蛇,百味紛陳,人類又憑甚麼論斷其他生物的口味實在一般呢?

小練筆

假如讓你改寫第 3 段,你會怎樣加入更多與家人的互動,呼應主題?

日暮降臨,_____

_____

_____

_____

_____,心裏忽然感動了,像暖意在心間上流動。

寫作提示

如果記載的事件涉及其他人,不妨試試站在其他人的角度思考,說不定會別有一番感受。

12 給表姐的信

書信上款格式恰當。

開首（第1段）：先問候表姐，關心對方有否適應異國生活，然後分享今年暑假將會前往探望她的期待之情。

正文（第2段）：告知表姐「我」在兩個月前答應了老師參加朗誦比賽。

① 肖像／心理描寫：能捕捉對話時老師的目光與「我」勉強答應的心態，觀察入微，使讀者易於投入及想像。

正文（第3段）：告知表姐「我」接受兩個月的「地獄式訓練」和開始時遇到的困難。

升級貼士

可以多加解釋「地獄訓練」的內容，過程之中有何感受，以及這些感受有沒有隨訓練日子增加而轉變等。

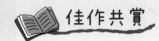

佳作共賞

親愛的泳兒表姐：

　　你好嗎？你適應了英國的生活嗎？我和家人都十分掛念你。今年暑假，爸爸媽媽將會帶我和妹妹到英國探望你和姨母一家人。到時候，我們可以一起玩耍了，我真的十分期待啊！

　　兩個月前，我的班主任劉老師提名我參加「全港中文朗誦比賽」。我知道這個消息後，不但沒有欣喜雀躍，反而惶恐不安。我從來沒有參加過朗誦比賽，毫無經驗，是「朗誦新人」，但是劉老師鼓勵我說：「朗誦要用感情、聲音和身體語言去演繹，感動觀眾，我對你充滿信心，你也要對自己有信心啊！」① 我看到老師誠懇的目光，只好硬着頭皮答應了。

　　接下來，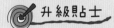我便開始為期兩個月的「地獄式訓練」。每天放學，劉老師都會在

禮堂指導我練習。剛開始的時候，我不但未能完整地背誦，連發音也不準確，我感到十分氣餒。

後來，② 經過<u>劉</u>老師的耐心教導，我不論在眼神、表情、動作方面也做得有板有眼，進步了不少。我深信只要努力不懈地練習，就會有良好的表現。在這段日子，我會認真準備比賽，不會辜負<u>劉</u>老師對我的期望。我希望比賽的時候自己有出色的表現，為校爭光。

如果有空的話，請回信給我，③ 分享一下你的學校生活。

祝
生活愉快

　　　　　　　表弟
　　　　　　　　志成
　　　　　三月二十日

正文（第4段）：告知表姐「我」經過老師的耐心教導，在各方面進步不少。

② 記述仔細：能提出準備朗誦比賽時有所進步的幾個範疇，使準備情況及過程更清晰可見。

總結（第5段）：邀請表姐回信分享學校生活。

③ 關心收信人：在告知自己的事情與感受之後，不忘在結尾問及對方的生活，邀請對方與自己分享，推己及人，發揮書信能互相溝通的作用。

書信下款格式恰當。

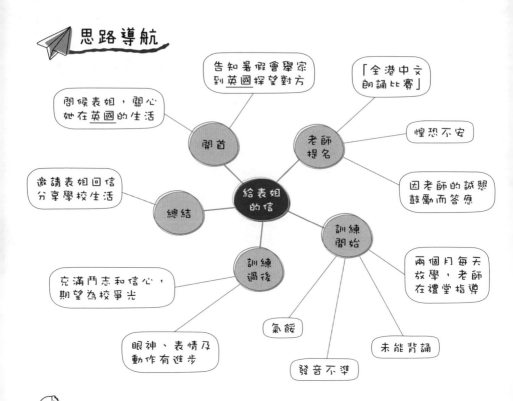

校長爺爺點評

這封信，問候表姐的環節少，講解自己參加朗誦訓練的敍述多，是美中不足地方。

在第 2 段開始，沒有甚麼引子，便立刻轉變話題，使人覺得有點突然，倘能加上「表姐在港的時候，時常很關心我的生活狀況」等，然後引起下文，會自然一點。

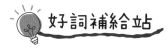

好詞補給站

適應	演繹	誠懇	辜負	欣喜雀躍
惶恐不安	身體語言	感動觀眾	充滿信心	硬着頭皮
十分氣餒	耐心教導	有板有眼	努力不懈	認真準備

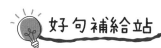

好句補給站

關於勉強答應的句子

* 我看到老師誠懇的目光，只好硬着頭皮答應了。
* 有些請求很難承受，更難搖頭。因為害怕為期待的人帶來意外，害怕帶來心碎，所以不能面對，只能默然流下眼淚。

小練筆

假如你是劉老師，你會說些甚麼，提升作者參加朗誦比賽的信心？試改寫原文第 2 段。

> 我從來沒有參加過朗誦比賽，毫無經驗，是「朗誦新人」，但是劉老師鼓勵我說：「＿＿＿＿＿＿＿＿＿＿＿＿＿＿＿＿＿＿＿＿＿
>
> ＿＿＿＿＿＿＿＿＿＿＿＿＿＿＿＿＿＿＿＿＿＿＿＿＿＿＿＿
>
> ＿＿＿＿＿＿＿＿＿＿＿＿＿＿＿＿＿＿＿＿＿＿＿＿＿＿＿＿
>
> ＿＿＿＿＿＿＿＿＿＿＿＿＿＿＿＿＿＿＿＿＿＿＿＿＿＿＿」

寫作提示

鼓勵別人時，誠懇是十分重要的。若能誠懇地提出具體而與對方密切相關的例子、誠懇地表示讚賞、誠懇地表明自己的動機、立場及想法，避免禁止或命令對方，會讓對方感受到尊重與體諒，從而達到鼓勵的效果。

13 給十年後的我

書信上款格式恰當。

開首（第1段）：向「十年後的我」提出對時間的思考。

① 思想深刻：從寫信給十年後的自己，開展對於時間本質的思考，以及時間與自身的關係，使讀者有所共鳴，並觸發讀者深入反思。

正文（第2段）：向「十年後的我」表示支持與期望。

② 態度親切：對十年後自己的各種可能或決定表示無條件的支持，如善待好友般善待未來的自己，友善的態度及文句使讀者別有一番感受。

升級貼士

事例欠具體，建議可仔細思考並解釋怎樣才算是「不逐名利」。

佳作共賞

親愛的「十年後的我」：

　　你好嗎？正所謂「十年如一日」，想不到真的應驗了。① 有時候，可能你會覺得時間「供不應求」。但，時間到底是甚麼？當你陷入了時間不夠用的困境，是否時間束縛了你？

　　現在的你，② 不論是再普通不過的大學生，還是已經在朝着自己的目標進發，我都支持你。日前，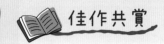我看到「雜交水稻之父」袁隆平的故事，他不逐名利的精神使我很是敬佩。我希望你能像他一樣，不存私心地為社會、世界作出貢獻。雖然你做的事可能微不足道，但我相信聚沙成塔的道理，終有一天，世界會變得美好。

　　未來的你，會是怎樣的呢？未來的你會遇到甚麼挑戰呢？雖然我暫且不知道答案，但，③你寧願做發光發熱的恆星，還是瀕臨死亡的棕矮星？失敗，是無可避免的，但，你應該朝着自己的目標進發，加油！

　　祝
生活愉快

　　　　　　　　　　十年前的你
　　　　　　　　　　　　清宜
　　　　　　　　二零二一年六月九日

總結（第3段）：向「十年後的我」表達對更遠未來的好奇與期望。

③ 借喻：以恆星比喻願意面對挑戰、向目標進發的人，以棕矮星比喻逃避挑戰、背棄目標的人，透過含蓄的手法使兩種人的形象更鮮明，令讀者更易於想像。

書信下款格式恰當。

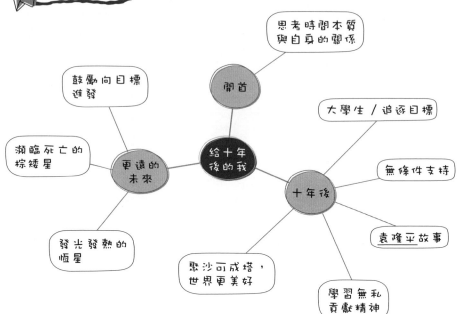

思路導航

- 開首
  - 思考時間本質與自身的關係
- 給十年後的我
  - 更遠的未來
    - 鼓勵向目標進發
    - 瀕臨死亡的棕矮星
    - 發光發熱的恆星
  - 十年後
    - 大學生／追逐目標
    - 無條件支持
    - 袁隆平故事
    - 學習無私貢獻精神
  - 聚沙可成塔，世界更美好

校長爺爺點評

　　《給十年後的我》這類題材，寫起來容易流於空洞、老生常談，甚或不着邊際。

　　作者引用了一位偉人「雜交水稻之父」袁隆平的故事，使信的內容充實了，是很聰明的寫法，也暗示出這是她未來十年的人生目標。

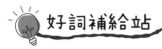

好詞補給站

供不應求	時間束縛	普通不過	雜交水稻	不逐名利
很是敬佩	不存私心	作出貢獻	微不足道	聚沙成塔
終有一天	無可避免	發光發熱	瀕臨死亡	十年如一日

好句補給站

關於時間的句子

* 有時候，可能你會覺得時間「供不應求」。但，時間到底是甚麼？當你陷入了時間不夠用的困境，是否時間束縛了你？

* 突然十年便過去，但每夜準備入睡，都要信明天過得像夢中一樣有趣，無論醒來幾多歲。

* 萬物都因為適時而得以出現，不知覺間參與了日輪月輪的旋轉遊戲，然後順應着時間流逝而消失。

小練筆

試介紹一位令你敬佩的人，並舉例說明他令人敬佩的事跡。

_____

是一位令我敬佩的人。_____

_____

_____

_____

_____

寫作提示

以人物為例子時，雖然可以談及個人感受，但亦需要有客觀的事實佐證。例如可以引述該人物所寫的文字、所說的言論以及相關的新聞、訪談等，避免解說例子時過分主觀甚至失實。

書信

給外婆的信

組織及寫作手法

書信上款格式恰當。

開首（第1段）： 從收信人的背景資料入題，問候對方的近況。

① **語氣親切：** 緊扣外婆移居國外及正值冬季的背景，以親切自然的語氣談及國外的天氣，表示關心慰問，使書信內容與收件人更有關連。

正文（第2段）： 告訴外婆「我」成為了「禮貌大使」的近況。

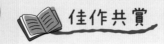 佳作共賞

親愛的外婆：

　　您近來好嗎？① 您移居到英國已快六個月了。聽說英國下了大雪，② 您要注意保暖啊！

　　最近，老師邀請同學投票選出「禮貌大使」。同學都投了我一票。最後，我當選了，感到十分開心。「禮貌大使」的職責是見到同學有不禮貌的行為，就要提醒他們要有禮貌、要和平共處。「禮貌大使」還要負責拍攝有關禮貌文明的宣傳片。最近，我拍攝了一集宣傳片，老師把它發放

到學校網站上。您只要登入我們學校的網站，就可以看到我的影片了。

　　媽媽說暑假會帶我去英國探望您，我們很快可以見面了！再見！

　　　祝
② 身體健康，生活愉快

　　　　　　　　　外孫女
　　　　　　　　　　子欣上
　　　　　　　　　　一月一日

書信

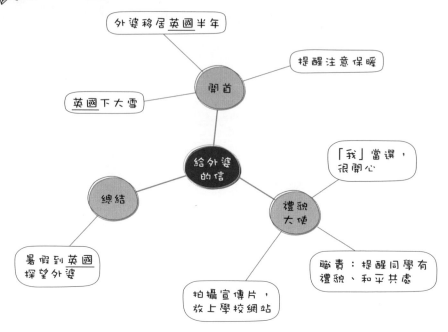

思路導航

- 外婆移居英國半年
- 提醒注意保暖
- 英國下大雪

開首

給外婆的信

總結
- 暑假到英國探望外婆

禮貌大使
- 「我」當選，很開心
- 職責：提醒同學有禮貌、和平共處
- 拍攝宣傳片，放上學校網站

校長爺爺點評

年僅三年級的作者，學習寫信給外婆，既有關心外婆在外地生活的情況、天氣變化，也有報告自己校園生活情況，更預告暑假時會去探望外婆，寫得不錯。

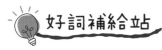
好詞補給站

近來	移居	聽說	邀請	當選
職責	負責	拍攝	發放	登入

好句補給站

關於下雪的句子

* 您近來好嗎？您移居到英國已快六個月了。聽說英國下了大雪，您要注意保暖啊！
* 將雪景化作遍地的蒲公英，將雪花化作綻放的火花，將雪崩化作天邊的稠雲。

小練筆

假如你是主角，你會如何指引外婆看你的影片？試改寫原文第 2 段。

最近，我拍攝了一集宣傳片，老師把它發放到學校網站上。如果您有興趣的話，首先＿＿＿＿＿＿＿＿＿＿＿＿＿＿＿＿＿＿＿＿＿

＿＿＿＿＿＿＿＿＿＿＿＿＿＿＿＿＿＿＿＿＿＿＿＿＿＿＿

＿＿＿＿＿＿＿＿＿＿＿＿＿＿＿＿＿＿＿＿＿＿＿＿＿＿＿

＿＿＿＿＿＿＿＿＿＿＿＿＿＿＿＿＿＿＿＿＿＿＿＿＿＿＿

寫作提示

說明事件的步驟時，要考慮對方對事件是否熟悉，從而決定描述的詳細程度。例如外婆如果熟悉電腦運作的話，解釋如何看影片時固然不必細說，但如果不熟悉的話，則不能過分概括，要盡可能把每一個步驟的要點清楚說明，甚至要盡量寫出單靠文字已能學懂的詳述。

給媽媽的信

組織及寫作手法

書信上款格式恰當。

開首（第 1 段）： 藉近日天氣開展話題，問候及關心媽媽。

① **態度親切：** 以長輩常說的提醒，反過來提醒媽媽，關心媽媽的身體健康，開首頗令讀者眼前一亮。

正文（第 2 段）： 感謝媽媽每天的照顧，表示自己會緊記媽媽的關懷。

② **呼告：** 在段落開首直接呼喊媽媽，使語氣與上一段不同，從開首轉入正文，真誠地呈現感謝之情。

正文（第 3 段）： 回憶媽媽生病仍然如常照顧自己的情景。

③ **舉例說明：** 能透過日常生活的常見例子，刻畫媽媽悉心照顧自己的形象。

正文（第 4 段）： 回憶媽媽對疫情的緊張，認為媽媽非常疼愛自己。

佳作共賞

親愛的媽媽：

　　您好嗎？① 近來天氣忽冷忽熱，您外出時要多穿衣服，以免着涼。

　　② 媽媽，我想多謝您每天不辭勞苦地照顧我，③ 因為您每天一早起牀為我準備早餐，晚上還要悉心教我做功課。雖然您平日的工作很忙碌，但是仍然會抽空陪我玩耍和聊天，更會經常關懷我的需要和感受，這一切，我都緊記心中。

　　③ 有一次，您生病了，吃完藥後，仍然好像平日一樣為我準備飲食和教我做功課，完全不管自己有沒有好好休息。看見您疲憊的模樣，我覺得很心疼。您對我的愛像太陽一樣，照耀我，給我無限的溫暖和幸福。

　　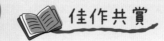記得在新冠肺炎疫情初期，口罩十分缺乏，您為了我的健康，曾經用了兩小時去排隊，才搶購到一盒口罩。我每天上

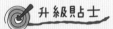

學時，您都會提醒我戴口罩和用搓手液，深怕我會受到感染。看見您緊張的樣子，我知道您真的非常疼愛我。

我已經漸漸長大，我會做個懂事的孩子，在空閒時幫您做家務，減輕您的負擔，讓您可以好好休息。

　　祝
身體健康

　　　　　　　　　兒子
　　　　　　　　　柏洋上
　　　　　　　　十二月十六日

升級貼士

可以多加描述口罩缺乏的原因，從而反映媽媽為何要花兩小時排隊搶購，並可想像或從媽媽口中了解排隊兩小時的艱辛，以及排隊過程中的心態。

總結（第5段）：告訴媽媽自己已長大，會儘量減輕媽媽負擔，讓她好好休息。

書信下款格式恰當。

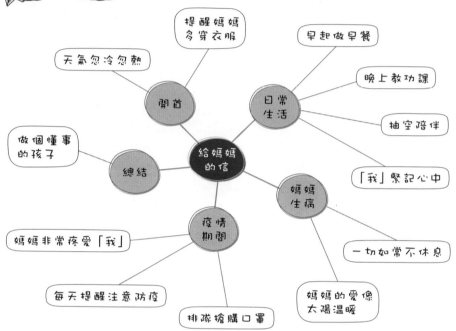

提醒媽媽多穿衣服

早起做早餐

天氣忽冷忽熱

晚上教功課

開首

日常生活

抽空陪伴

做個懂事的孩子

給媽媽的信

「我」緊記心中

總結

媽媽生病

媽媽非常疼愛「我」

疫情期間

一切如常不休息

每天提醒注意防疫

媽媽的愛像太陽溫暖

排隊搶購口罩

校長爺爺點評

　　作者年紀小小，在日常生活中能感受到母愛的偉大，是很好的表現。

　　藉着學習寫信期間，寫一封感謝信，說出自己的心底話，是對母親敬愛的表現。

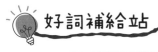

好詞補給站

着涼	抽空	疲憊	疼愛	無限的
懂事的	空閒時	忽冷忽熱	不辭勞苦	緊記心中

好句補給站

關於媽媽的句子

- 雖然您平日的工作很忙碌，但是仍然會抽空陪我玩耍和聊天，更會經常關懷我的需要和感受，這一切，我都緊記心中。
- 您對我的愛像太陽一樣，照耀我，給我無限的溫暖和幸福。

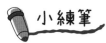

小練筆

你和家人發生過甚麼令你印象深刻的特別事情嗎？試簡單記述。

_____

_____

_____

_____

_____

_____

寫作提示

在書信中，可以寫下一些與收信人一同經歷過的事情。這些事情不一定是重大的、日常的或是在很多人身上都發生過的，而可能是對二人關係而言，別有意義而獨特的小事件。

16 「一人一花」的活動

組織及寫作手法

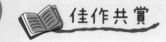 佳作共賞

書信上款格式恰當。

開首（第1段）：問候朋友的近況。

正文（第2段）：交代寫信的原因。

正文（第3段）：記述收到花苗的感受與去年的回憶。

正文（第4段）：記述準備栽種的經過和感受。

正文（第5段）：記述栽種花苗的經過。

① 記述詳細：能仔細地交代取出花苗後的情況、花苗要茁壯成長的條件及自己對開花的期待，使段落的內容豐富充實，讓讀者對栽花更有了解。

親愛的芷然：

　　你好嗎？你近況好嗎？

　　早前，我報名參加了「一人一花」的活動，想跟你分享栽種花朵的經過、感受和喜悅。

　　收到花苗那一天，我真的既興奮又擔心，因為去年我栽種失敗，把花苗帶回家不到兩星期就枯萎了，所以我今次要加倍小心。

　　放學後，我立即跑回家，急不及待地打開袋子，小心翼翼地把花苗取出。我汲取了上次失敗的經驗，今次特意問表姐，請教她栽種心得，也在網上搜集更多栽種花苗的資料，今次我更有信心了。

　　① 首先，我為花苗換了一個較大、花紋更漂亮的花盆，讓它生長得更茂盛。然後把它放在露台，讓它每天都能享受充沛的陽光，清爽的微風，清新的空氣，這都

書信

有助它茁壯生長。因為我想快點看到它長出花兒，所以每天放學我都立即跑回家幫它澆水，每隔兩星期就施肥一次。

兩個月後，② 我起牀見到它開花了，我立即叫醒爸媽，我們都覺得它美麗得像小仙子。③ 我也像開花一樣高興呢！你下次一定要來我家看看我栽種的成果。

 好了，時間不早了，下次再談。

　祝
生活愉快

　　　　　　　　朋友
　　　　　　　　　碩峰
　　　　　　　三月二日

正文（第6段）：記述開花的情況與感受，並邀請朋友賞花。

② 行動描寫：透過剛起牀看到花開就立即叫醒爸媽的行動，抒發自己對開花的期待與欣喜，急不及待要與別人分享。

③ 明喻：把自己高興比喻成像開花一樣，喻體與書信主題相關，令人印象深刻，並能使情感更形象化，讓讀者產生豐富聯想。

總結（第7段）：以應酬話，表示再與對方通信。

 升級貼士

可以有更好的總結方式，例如邀請對方就自己的種花經過給予意見、詢問對方有否參加過類似的或者是希望與自己分享的活動，或是關心對方得知自己參加活動後的想法等。

書信下款格式恰當。

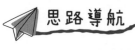
思路導航

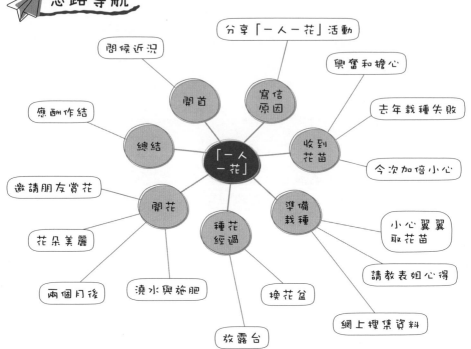

分享「一人一花」活動

問候近況

興奮和擔心

應酬作結

開首

寫信原因

去年栽種失敗

總結

「一人一花」

收到花苗

今次加倍小心

邀請朋友賞花

開花

準備栽種

花朵美麗

種花經過

小心翼翼取花苗

兩個月後

澆水與施肥

換花盆

請教表姐心得

放露台

網上搜集資料

校長爺爺點評

　　作者想跟朋友分享栽種花朵的經過和感受。

　　他在信中講解由收到花苗，到栽種中的過程，及後來見到開花時的喜悅，都一一陳述得很詳盡，整封信寫得很流暢。

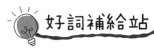

好詞補給站

枯萎	汲取	請教	心得	花紋
成果	充沛的	清爽的	清新的	加倍小心
急不及待	小心翼翼	網上搜集	茁壯生長	下次再談

好句補給站

關於開心的句子

- 我起牀見到它開花了，我立即叫醒爸媽，我們都覺得它美麗得像小仙子。我也像開花一樣高興呢！

- 煙花綻放，心花怒放，一人獨賞也開心，處處人羣亦吸引。

- 開心是主觀的，好像猴子因為主人早上餵三顆栗子晚上餵四顆而勃然大怒，因為早上餵四顆晚上餵三顆而嘻哈不絕。看不出數不出甚麼不同來，喜怒卻不同了。

小練筆

假如你是作者，你會怎樣在第 7 段寫上應酬語？試改寫原文。

寫作提示

書信總結時通常會加上一兩句結尾的應酬話，以切合生活及雙方關係為主，一般以囑咐對方珍重、表示等候對方回覆或者問候其家人最為常見。

17 嘉年華會

組織及寫作手法

書信上款格式恰當。

開首（第1段）：問候朋友近況，分享上星期天參加嘉年華的感受。

正文（第2段）：敘述在嘉年華玩過的遊戲。

正文（第3段）：敘述玩吹氣滑梯的經過和感受。

① 心理描寫：描述走近滑梯的懼怕、爬上滑梯時自己安慰自己，以及爸爸鼓勵自己克服恐懼，抒發出玩滑梯的刺激感受。描寫層層遞進，能記錄情感的細微轉變。

正文（第4段）：敘述玩拋汽水圈的經過和感受。

② 觀察入微：描述爸爸因為看到自己失望的表情而出手相助的細節。

佳作共賞

親愛的小剛：

　　你近況好嗎？上星期天，我和爸爸參加「聰明小人類」嘉年華會。當天我們過得十分快樂。

　　我和爸爸在嘉年華會玩了很多遊戲，例如：吹氣滑梯、拋汽水圈、碰碰車……

　　首先，爸爸帶我玩吹氣滑梯。① 當我走近吹氣滑梯的時候，心裏感到十分懼怕，我一路爬上滑梯時，不斷安慰自己不要害怕。經過長長的梯級後，我坐下來準備滑下去。爸爸從旁不斷鼓勵我，所以我滑下滑梯時才不怕！原來，玩滑梯是那麼刺激的呢！

　　然後，我看見攤位遊戲中有一個很可愛的布偶，於是請求爸爸讓我玩拋汽水圈遊戲。我用力拋了數個膠圈，也未能穿到汽水瓶上，那時候我十分不開心。② 爸爸看見我失望的模樣，便替我拋膠圈。憑着他眼明手快，終於獲得大布偶。

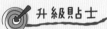

如果下一年你能從<u>美國</u>回港，我們便可以一起到「聰明小人類」嘉年華會玩耍。

　　祝
學業進步

　　　　　　朋友
　　　　　　小強上
　　　　　　十二月十二日

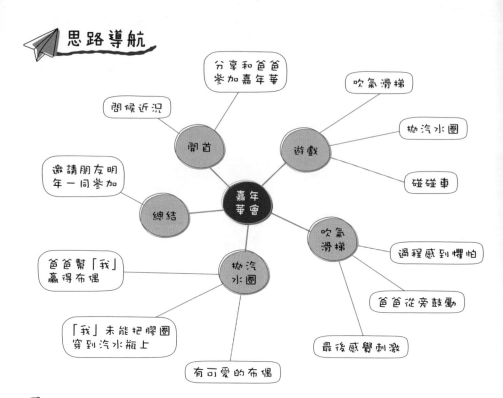

校長爺爺點評

　　三年級的作者，到嘉年華會參加活動，把玩吹氣滑梯和拋汽水圈的心情和感受繪形繪聲地記敍下來，令讀者感同身受，是一篇寫得不錯的文章。

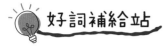 **好詞補給站**

走近	安慰	梯級	準備	刺激
布偶	請求	失望	模樣	眼明手快

 好句補給站

關於懼怕的句子

- 當我走近吹氣滑梯的時候，心裏感到十分懼怕，我一路爬上滑梯時，不斷安慰自己不要害怕。經過長長的梯級後，我坐下來準備滑下去。爸爸從旁不斷鼓勵我，所以我滑下滑梯時才不怕！

 小練筆

如果要寫獲得大布偶之後的內容，你會寫甚麼？試改寫第 4 段的結尾。

> 憑着他眼明手快，終於獲得大布偶。_____
>
> _____
>
> _____
>
> _____
>
> _____
>
> _____

寫作提示

寫書信與記敘文相同，記述事件要有起承轉合。在總結全文之前，可以先描述事件的結果，對結果提出自己的想法與感受，並把焦點從自己的經歷轉到對方身上。

18 給李白的一封信

組織及寫作手法

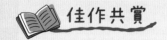 佳作共賞

書信上款格式恰當。

開首（第1段）：問候李白，交代自己的身份及來信背景。

① 想像豐富：能就題目開展聯想，假設古代詩人正在天國讀信，文句中充滿了想像，讓讀者置身其中。

② 態度得體：從書信的語調態度、抒情感歎及用字遣詞，可見寫作過程有考慮清楚寫作對象，呈現對詩人的尊敬。

正文（第2段）：讚歎李白的作品想像豐富、觸景生情。

正文（第3段）：讚歎李白擅長運用誇張法。

尊敬的李白先生：

　　① 您在天國還好嗎？我是一位來自香港的十三歲學生。前一陣子，老師在堂上講解了您的詩作，② 實在太令人敬佩了！因此，我寫了這封書信給您。

　　您的詩句想像豐富，③ 例如〈古朗月行〉的「小時不識月，呼作白玉盤。」小時候的您因不識月亮，而將其稱作白玉盤，詩句中充滿了想像。其次，您的詩又充滿了浪漫主義色彩，您往往觸景生情，不管是看見風景，還是享受美酒，② 您都能寫下那麼叫人驚歎的詩句。③〈將進酒〉的「人生得意須盡歡，莫使金樽空對月。」將情感代入到景物中，告訴我們該享樂時要盡情享樂，② 使我也可藉着賞讀您的詩詞而代入您的感受。

　　再者，我亦發現你擅長運用誇張法。③ 您的〈望廬山瀑布〉提及了「飛流直下三千尺，疑是銀河落九天。」用誇張法誇大了瀑布的高低，② 讓我們能在賞讀詩句時對您描寫的景物更加深刻。

　　我很欣賞您給了我們許多啟發。③ 因為您曾寫過「天生我才必有用」，您的人生觀很正面，這種肯定自我、不失信心的精神真值得學習！◎當我遇到挫折或感到挫敗之時，這句話能令我重拾信心。

　　除此之外，② 您也有不羈、愛自由的精神，不會受限，勇敢做自己。③ 像〈南陵別兒童入京〉的「仰天大笑出門去，我輩豈是蓬蒿人。」◎它教我勇敢追求自己的夢想。

　　尊敬的李白先生，您的詩令人驚艷，真不愧是詩仙！拜讀您的作品，我彷彿看到了盛唐的模樣。如有機會，真希望能夠討教於您！

　　祝
在天國生活愉快

　　　　　　　　　　香港學生
　　　　　　　　　　鄧穎茵敬上
　　　　　　　　　　三月二十四日

正文（第4段）：讚歎李白的作品能帶來啟發，使人們重拾信心。

◎ 升級貼士

可以多加交代詩句如何令自己重拾信心、勇敢追夢等，以自身例子呈現李白的影響深遠。

正文（第5段）：讚歎李白不羈、愛自由的精神，鼓勵自己勇敢追求夢想。

總結（第6段）：以呼告表達強烈的讚美之情和希望向他學習。

③ 引用：能多次引用詩句解釋自己的看法與感想，使書信內容充實，增加向古人寫信的真實感。

書信下款格式恰當。

書信

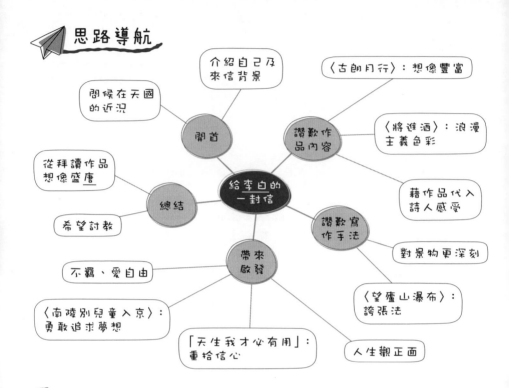

思路導航

- 開首
  - 問候在天國的近況
  - 介紹自己及來信背景
- 讚歎作品內容
  - 〈古朗月行〉：想像豐富
  - 〈將進酒〉：浪漫主義色彩
  - 藉作品代入詩人感受
- 讚歎寫作手法
  - 對景物更深刻
  - 〈望廬山瀑布〉：誇張法
  - 人生觀正面
- 帶來啟發
  - 「天生我才必有用」：重拾信心
  - 〈南陵別兒童入京〉：勇敢追求夢想
  - 不羈、愛自由
- 總結
  - 希望討教
  - 從拜讀作品想像盛唐

給李白的一封信

校長爺爺點評

　　寫信給知名的古人，是一件很富想像力的事，但作者在課堂上學習了老師的教導，所以能將李白詩句不同的意境和觀念，有條不紊地分別引用及清楚分析介紹，內容恰到好處。

　　相信「收信人」能得悉如此受到推崇，一定感到萬分欣慰。

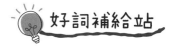 好詞補給站

深刻	討教	白玉盤	令人敬佩	想像豐富
觸景生情	叫人驚歎	盡情享樂	飛流直下	不失信心
值得學習	仰天大笑	令人驚豔	人生得意須盡歡	

 好句補給站

關於自由的句子

- 您的人生觀很正面，這種肯定自我、不失信心的精神真值得學習！當我遇到挫折或感到挫敗之時，這句話能令我重拾信心。

- 您也有不羈、愛自由的精神，不會受限，勇敢做自己。

- 願我們總有自由，總能擁有，總信永久，總可等候，總願溫柔。

✏ 小練筆

如果要寫一封信給你尊敬的人，不論國家、時代甚至真實或虛構皆可，你會寫給誰？試寫下那個人的事跡，指出他／她令你欣賞的特質。

我會寫信給＿＿＿＿＿＿＿＿＿＿＿＿＿＿＿＿，因為＿＿＿＿＿＿＿＿＿＿

＿＿＿＿＿＿＿＿＿＿＿＿＿＿＿＿＿＿＿＿＿＿＿＿＿＿＿＿＿＿＿＿＿＿＿

＿＿＿＿＿＿＿＿＿＿＿＿＿＿＿＿＿＿＿＿＿＿＿＿＿＿＿＿＿＿＿＿＿＿＿

＿＿＿＿＿＿＿＿＿＿＿＿＿＿＿＿＿＿＿＿＿＿＿＿＿＿＿＿＿＿＿＿＿＿＿

寫作提示

舉人物例子時，若要對人物表達主觀評價或感受，需要多加解釋理由，並說明相關的評價感受與文章有何關係。如要說明人物對自身的影響及啟發，亦可多舉日常生活中的具體例子，避免過分概括，使文章失去獨特之處。

組織及寫作手法

書信上款格式恰當。

開首（第1段）：藉學校轉為網上教學入題，描述自己剛開始在家上課的情況。

 升級貼士

開首引入時先安慰現在的「我」，再倒敘，最後首尾呼應，令總結段的鼓勵更適切。

正文（第2段）：記述自己在網上課程期間不聽講和胡亂做功課，卻因害怕家人發現而向媽媽說謊。

① 明喻：把最終答應和同學玩線上遊戲比喻成打開潘朵拉盒子，使答應同學帶來的影響更具體，並使讀者產生各種聯想，對書信下文更加好奇。

正文（第3段）：記述老師向媽媽投訴而給媽媽嚴厲批評，並解釋數月來沒有認真在家上課，即使後來用心聽課亦於事無補。

佳作共賞

親愛的萬軒：

你好嗎？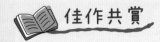二零二零年由於肺炎疫情嚴峻，學校停止面授課堂，轉為網上教學。你對於在家看着電腦螢幕上課的方式感到既新奇，又好玩。加上身邊沒有了老師和同學的監督，便開始以「度假模式」上網上課程：你關掉鏡頭，一邊吃零食，一邊聽課，體驗到前所未有的自由，也沒有按老師的指示打開課本、做練習。

期間，有同學邀請你在上課時間一起玩線上遊戲，雖然一開始你拒絕了，但最後還是受不了誘惑。①自此之後，像是打開了潘朵拉的盒子——起初只在上課時於網上搜集動漫圖片，但漸漸地愈來愈膽大，後期還打開小視窗觀看影片……就這樣日復一日，上課時不聽講，老師提問時蒙混過關，每天作業胡亂寫，還留空部分題目。因害怕被家人知道這數月來沒有按時完成功課，所以在回校交功課的前一天，你唯有戰戰兢兢地對媽媽撒謊說已經完成作業。

誰知道數天後東窗事發，班主任和各科老師輪流打電話給媽媽說你欠交、欠做

很多功課。媽媽嚴厲地批評你，要求你盡快補做各科作業。因這數月來你都沒有認真上課，即使後來你用心聽老師講課，也聽不懂，功課亦根本不會做。你更對英文和數學科感到困難，對它們產生排斥感。

始終「紙包不住火」，真實情況終於被媽媽發現了，她耐心地重新教你書本上的知識。可是之前的退步，並不是努力半個月就可以追回的。考試成績一落千丈，亦因基礎不扎實，落後的名次經過一整個學期也未能追回。對於上網上課程不專心所帶來的後果，你感到無比後悔和自責。

正文（第4段）：記述媽媽耐心地教導自己以追趕進度，但成績一落千丈，抒發無比後悔及自責之情。

現在你每天努力地背單詞、默成語和詞語、勤做練習，希望在呈分試中能取得好成績。② 親愛的萬軒，只要你努力，困難不會阻礙你前進的腳步。③ 磨礪之後，成功之花會隨之綻放，相信不斷地努力能令你更上一層樓，加油！千萬不要輕易放棄！

　　祝
生活愉快

　　　　　　　　　現在的自己
　　　　　　　　　　　萬軒
　　　　　　　　　四月二十二日

總結（第5段）：鼓勵現在的自己努力學習不要輕易放棄。

② 態度親切：呼告自己的名字，從自責轉為對自己的信任及鼓勵，幫助自己克服困難，不斷前進。

③ 借喻／引用：以磨礪比喻經歷鍛煉，以綻放的花比喻成功，以登樓比喻進步，並透過引用《警世賢文》及王之渙詩句，轉化為鼓勵自己的句子，文句簡潔而更見個性與情感。

書信下款格式恰當。

19 給自己的一封信　　75

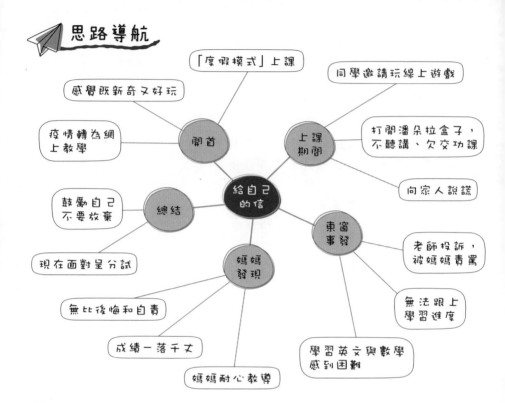

思路導航

「度假模式」上課

同學邀請玩線上遊戲

感覺既新奇又好玩

疫情轉為網上教學

開首

上課期間

打開潘朵拉盒子，不聽講、欠交功課

給自己的信

向家人說謊

鼓勵自己不要放棄

總結

東窗事發

老師投訴，被媽媽責罵

現在面對呈分試

媽媽發現

無法跟上學習進度

無比後悔和自責

學習英文與數學感到困難

成績一落千丈

媽媽耐心教導

校長爺爺點評

　　《給自己的一封信》是一個有趣的題目，內容海闊天空，可以包羅萬有。但作者聰明地選擇了在疫情期間上網課時的情景而大造文章，使內容變得具體和充實，令讀者容易產生共鳴，是一個聰明的做法。

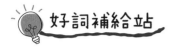

好詞補給站

日復一日	蒙混過關	按時完成	戰戰兢兢	東窗事發
一落千丈	磨礪之後	紙包不住火	更上一層樓	潘朵拉的盒子

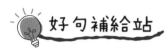

好句補給站

關於努力的句子

- 只要你努力，困難不會阻礙你前進的腳步。磨礪之後，成功之花會隨之綻放，相信不斷地努力能令你更上一層樓，加油！千萬不要輕易放棄！

- 我們可以努力建造大舟，但可能沒有遠航的海洋；我們可以努力生長翅膀，但可能沒有高飛的天空。於是，進有時，退有時。

小練筆

假如要你憶述自己在家上課的情況，你會怎樣寫？

我對於在家觀看電腦螢幕上課的方式感到＿＿＿＿＿＿＿＿＿＿＿＿＿＿＿＿

＿＿＿＿＿＿＿＿＿＿＿＿＿＿＿＿＿＿＿＿＿＿＿＿＿＿＿＿＿＿＿＿＿＿＿

＿＿＿＿＿＿＿＿＿＿＿＿＿＿＿＿＿＿＿＿＿＿＿＿＿＿＿＿＿＿＿＿＿＿＿

＿＿＿＿＿＿＿＿＿＿＿＿＿＿＿＿＿＿＿＿＿＿＿＿＿＿＿＿＿＿＿＿＿＿＿

＿＿＿＿＿＿＿＿＿＿＿＿＿＿＿＿＿＿＿＿＿＿＿＿＿＿＿＿＿＿＿＿＿＿＿

寫作提示

憶述時，我們可以透過襯托與想像，寫出不同時間下不同人物的情況。襯托是運用次要事物使主要事物更突出，在這裏即是運用正常在校上課的情況襯托出在家上課的特別之處。並可配合想像，代入老師和其他同學的角度思考，使文章的敘述更立體圓滿。

20 給姐姐的一封信

組織及寫作手法

書信上款格式恰當。

開首（第1段）：問候姐姐生活狀況，表達對她的思念。

正文（第2段）：關心姐姐在外國如何過聖誕節，分享自己和爸爸媽媽在商場過節的情況。

① 視覺描寫：描寫自己要抬頭才可看到三米高的巨熊，並描述了玩具店中的裝飾，讓收信人與讀者彷彿置身其中，使書信更有趣味。

升級貼士

描述太抽象，既然收件人身在外國，建議在書信中提及外國或香港常見或可作為代表的節日景物。

正文（第3段）：描述家人觀看海景的反應，抒發對節日的整體感受。

② 場面描寫：沒有把敘述視角集中在個人身上，而能描述家人的反應，反映家人特徵與關係，使內容與收件人更能密切相關。

佳作共賞

親愛的姐姐：

　　你好嗎？你在法國的生活好嗎？我們都很想念你。

　　聖誕節假期剛結束，你怎樣度過這個節日呢？聖誕節那天，我和爸爸媽媽到尖沙咀海港城看燈飾。① 我在商場門口抬頭看到三米高的巨型聖誕熊玩具店。店內有很多不同大小的小熊玩具和聖誕樹，樹上還掛滿了閃閃發光的小燈，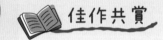 富有歐陸氣氛。

　　隔了商場的玻璃窗，還能看見維多利亞港的美麗海景。② 爸爸目不轉睛地看燈飾，媽媽拿起手機幫我拍了幾張照片，我度過了一個難忘的聖誕節。

好了，我寫到這裏，③ 媽媽叮囑你要多穿衣服，注意保暖，有空記得回信。

　　　祝
學業進步

　　　　　　　　妹妹
　　　　　　　　盈瑩
　　　　　　　十二月三十一日

總結（第4段）：交代媽媽的叮囑。

③ 間接抒情：能記得在書信最後寫上媽媽的叮囑，不僅反映媽媽對女兒的關心，亦能反映妹妹對姐姐的關心，情感真摯。

書信下款格式恰當。

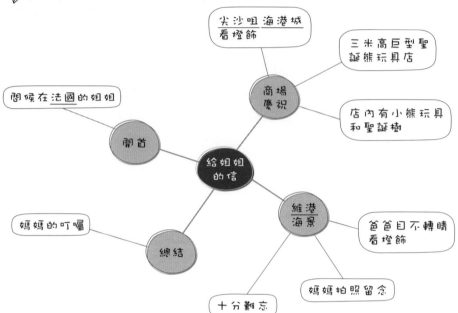

這是一封寫給姐姐的信，在最後一段雖然已加上「媽媽叮囑你要多穿衣服，注意保暖」的親切字句。不過作者倘能描述一下參觀燈飾時憶起過往跟姐姐在港的生活點滴，會令內容更見充實感人。

好詞補給站

度過	燈飾	抬頭	掛滿	海景
叮囑	回信	難忘的	閃閃發光	目不轉睛

 好句補給站

關於裝飾的句子

- 店內有很多不同大小的小熊玩具和聖誕樹，樹上還掛滿了閃閃發光的小燈。

- 我們用井蛙的眼光，打量以色彩裝飾過的景點、打量以花紋裝飾過的衣衫，打量以表情裝飾過的容貌。犯井蛙之毛病，便難以換雙眼睛，看見精粹。

小練筆

如果可以隨意到任何地方，甚至任何時空歡度佳節，你會希望去哪裏？為甚麼？

我會希望到＿＿＿＿＿＿＿＿＿＿＿＿＿＿＿

＿＿＿＿＿＿＿＿＿，因為＿＿＿＿＿＿＿＿

＿＿＿＿＿＿＿＿＿＿＿＿＿＿＿＿＿＿＿＿

＿＿＿＿＿＿＿＿＿＿＿＿＿＿＿＿＿＿＿＿

＿＿＿＿＿＿＿＿＿＿＿＿＿＿＿＿＿＿＿＿

＿＿＿＿＿＿＿＿＿＿＿＿＿＿＿＿＿＿＿＿

＿＿＿＿＿＿＿＿＿＿＿＿＿＿＿＿＿＿＿＿

＿＿＿＿＿＿＿＿＿＿＿＿＿＿＿＿＿＿＿＿

寫作提示

如果假期不能遠遊，不妨透過互聯網看看香港及世界各地的節日和裝飾有何不同，積累寫作素材，在創作的世界中穿越時空。

書信

21 給大自然的一封信

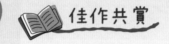

佳作共賞

書信上款格式恰當。

開首（第1段）：問候大自然的身體，引入下文。

正文（第2段）：概述人類破壞大自然的原因，期望得到原諒。

① 言簡意賅：人類破壞大自然的原因有很多，而自私是眾多原因的核心及根本。能簡單扼要地指出原因，可以減省了在後文羅列眾多理由或藉口的筆墨。

正文（第3段）：描述過度採砂對自然環境的破壞，並建議選用替代物料。

正文（第4段）：描述砍伐樹木如何一步步破壞自然生態系統，並建議選用替代物料，停止非法砍伐。

② 例子豐富：能具體指出人類的行為如何使地球環境日益惡劣，敘述過程層次分明。

大自然老朋友：

　　你好嗎，你的身體怎樣？

　　我要為人類對你的破壞而道歉。① 我們自私自利，為了方便和發展經濟而傷害你，希望你原諒。

　　首先，我們對自然環境造成破壞。② 我們過度採砂，令鱷魚和海龜失去棲息地，影響繁殖。② 我們從河牀或海牀採砂，也令海嘯帶來的破壞更嚴重。我建議用替代砂粒的物料建築，減少對砂粒的需求，希望可以彌補我們之前的過失。

　　② 此外，大地之所以沙漠化，是因為我們過度砍伐樹木。② 不但如此，砍伐樹木後，森林也開墾成農田。② 我們使用農藥等化學用品污染水源和泥土，進一步破壞你原有的生態系統。為保護你的森林，我認為既要善用傢俱，也要使用木材以外的物料，甚至要停止非法砍伐樹木。

書信

　　既然我們對你造成這麼大的破壞，應該在此向你作出承諾。我們言出必行，實踐以上的建議，採取果斷行動。

　　我們既身處在同一個地球村，如果你受到傷害，我們也不能倖免。我們應該攜手保護你，為下一代建設更美好的大自然。

　　如果有空的話，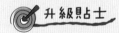 回信給我說說你的近況。

　　祝
身體健康

　　　　　　　　　　老朋友
　　　　　　　　　　　人類
　　　　　　　　　八月十日

正文（第5段）：承諾會實踐前文提出的建議。

正文（第6段）：解釋要改善大自然環境的原因。

總結（第7段）：邀請大自然回信，關心對方近況。

升級貼士

於書信結尾可以再次道歉，首尾呼應，加強歉疚之情。

書信下款格式恰當。

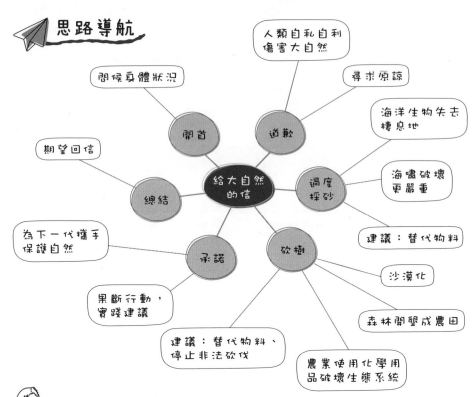

思路導航

- 開首
  - 問候身體狀況
- 道歉
  - 人類自私自利傷害大自然
  - 尋求原諒
- 過度採砂
  - 海洋生物失去棲息地
  - 海嘯破壞更嚴重
  - 建議：替代物料
- 砍樹
  - 沙漠化
  - 森林開墾成農田
  - 農業使用化學用品破壞生態系統
- 承諾
  - 為下一代攜手保護自然
  - 果斷行動，實踐建議
  - 建議：替代物料、停止非法砍伐
- 總結
  - 期望回信

（給大自然的信）

校長爺爺點評

這篇《給大自然的一封信》內容充實，指出過度採砂，會令有些動物失去棲息地，也令海嘯破壞地球更嚴重；過度砍伐樹木，令農藥等化學物品污染水源和泥土等。由此呼籲大家攜手保護大自然，帶出環保訊息。

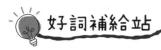 好詞補給站

彌補	開墾	自私自利	發展經濟	自然環境
過度採砂	影響繁殖	砍伐樹木	化學用品	生態系統
作出承諾	言出必行	果斷行動	不能倖免	攜手保護

 好句補給站

關於自私的句子

* 我要為人類對你的破壞而道歉。我們自私自利,為了方便和發展經濟而傷害你。

* 無私的本性生於人類的體內,好像五臟,沒有一個部分為了利益而鬥爭,我們亦不偏愛其中一個部分而不顧其餘,大家都公正。可惜這個本性生於我們的體內,不在眼前,看不見,也難怪不懂透視的我們老是只懂自私。

 小練筆

假如讓你改寫第 2 段的結尾,你會怎樣向大自然道歉?

> 　　我要為人類對你的破壞而道歉。我們自私自利,為了方便和發
> 展經濟而傷害你,＿＿＿＿＿＿＿＿＿＿＿＿＿＿＿＿＿＿＿＿＿＿＿
> ＿＿＿＿＿＿＿＿＿＿＿＿＿＿＿＿＿＿＿＿＿＿＿＿＿＿＿＿＿＿＿
> ＿＿＿＿＿＿＿＿＿＿＿＿＿＿＿＿＿＿＿＿＿＿＿＿＿＿＿＿＿＿＿
> ＿＿＿＿＿＿＿＿＿＿＿＿＿＿＿＿＿＿＿＿＿＿＿＿＿＿＿＿＿＿＿

寫作提示

道歉的主要目的並非換取他人原諒,而是要向他人承認自己的錯誤。如果希望透過書信道歉,可以在信件中表達自己對改正錯誤的思考,並呈現後悔與改過的決心。

書信

22 寄養小狗

周記的開始格式恰當。

開首（第1段）：記述叔叔一家旅行，於是寄養小狗在「我」家。

正文（第2段）：回憶星期天迷路的經過，以及靠小狗找回方向的結果。

① 心理描寫：透過簡短的句子表示樂極生悲的劇情轉折及迷茫無助的心情。

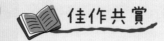
佳作共賞

一月六日至一月十二日

　　這星期，叔叔一家到日本旅行，於是把小狗寄養在我家。原本爺爺還旗幟鮮明地反對，不過我憑住三寸之舌，終於把爺爺說服了。

　　星期天，也是小狗寄養在我家的第一天，小狗名叫小伏。爸爸帶大家到郊野公園野餐，結果我和小伏硬是把悠閒的野餐變成了刺激的單車遊戲。我和小伏一到公園，就看上了停泊在門口、色彩繽紛的單車。爸爸看見我們那樣子，無可奈何地說：「你們玩一小時吧，好好玩啊，別摔倒了。」我聽了後，興高采烈地歡呼起來。我呼喚小伏坐到籃上，胸有成竹，隨心所欲地騎了起來。① 不過，始料不及，騎到半路，我迷路了。心想：怎辦……回不去了……話沒說完，兩行眼淚從眼眶湧了出來。幸好，小伏察覺到了異樣，憑住牠敏銳的嗅覺，找到回去的路徑。回去後，我抱住牠，邊哭邊跟爸爸訴說迷路時的經歷。爸爸看見我抱住小伏，熱淚盈眶，搖頭歎氣地說：「下次注意點啊。」

那一天在爸爸這句有點無可奈何的話語中結束。

　　星期三，我的好朋友天天來找我玩。叮噹叮噹，悅耳的鈴聲傳來。我一打開門，她便問：「要來我家玩捉迷藏嗎？」我「當機立斷」，興奮地點了點頭。②要是當時會飛，估計我都快飛出銀河了。「十⋯⋯九⋯⋯八⋯⋯」當天天在倒數計時，我從容不迫地躲進石頭後，小伏則小心翼翼地躲進百年松樹前的小坑。可是，遊戲還沒正式開始，就有動物的叫聲傳來。③我像孫悟空從石頭旁跳了出來，馬上跑到大松樹前一看，發現小伏奄奄一息地躺在坑前，看來是洞中虎視眈眈的小蛇咬傷了牠。天天聽見叫聲也馬上跑過來，氣喘吁吁地對我說：「我爸爸以前是獸醫，看看他能不能醫治小伏。」她的爸爸果然不是虛有其表，十分鐘後已經替小伏包紮好傷口，也為那個不完美的下午畫上了句號。

　　這周發生的事既喜又悲。天天爸爸的出手相助，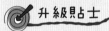天天不會乘人之危，小伏的一身是膽⋯⋯都值得我學習。

正文（第3段）：回憶到朋友家玩時，小蛇咬傷小狗的經過和反應，以及朋友爸爸醫治小狗的結果。

②想像豐富：因為極度興奮而出現飛翔的想像，甚至誇張地描述快要飛出銀河，觸發讀者聯想起那份興奮，加強故事的戲劇效果，留下了深刻印象。

③明喻：把自己從石頭旁跳出來，比喻成從石頭爆出來的神話人物，聯想力強，運用小說的場景豐富自己故事的畫面，亦使自身的角色特徵更明顯。

總結（第4段）：總結小狗寄養在家一周的感受。

升級貼士

建議多加解釋，或透過故事情節呈現小狗如何一身是膽、朋友如何不乘人之危，以及為何這些事情值得學習。

周記

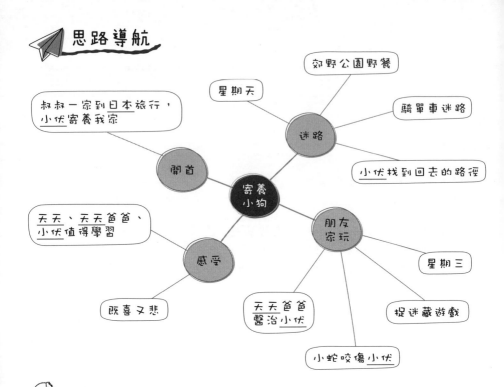

郊野公園野餐

星期天

叔叔一家到日本旅行，小伏寄養我家

騎單車迷路

迷路

開首

小伏找到回去的路徑

寄養小狗

天天、天天爸爸、小伏值得學習

朋友家玩

感受

星期三

既喜又悲

天天爸爸醫治小伏

捉迷藏遊戲

小蛇咬傷小伏

校長爺爺點評

　　寫周記的時候，很多人都覺得日常生活平淡乏味，搜索枯腸也沒有甚麼題材可寫。

　　這篇文章，作者把握了帶小狗到公園野餐，和跟好朋友玩捉迷藏兩件事，豐富了文章內容。作者更將小狗在兩件事中串連出現，是很聰明的寫法。

好詞補給站

說服	旗幟鮮明	三寸之舌	胸有成竹	隨心所欲
始料不及	熱淚盈眶	搖頭歎氣	叮噹叮噹	飛出銀河
奄奄一息	虎視眈眈	氣喘吁吁	虛有其表	出手相助

好句補給站

關於跳動的句子

- 我像孫悟空從石頭旁跳了出來,馬上跑到大松樹前一看,發現小伏奄奄一息地躺在坑前,看來是洞中虎視眈眈的小蛇咬傷了牠。

- 在海灘像貓咪跳到枕頭那樣,跳進快樂,陪水豚把所有的舞照跳。互聽心跳,再用心跳換歡笑、然後換開竅、換奧妙、換一秒、換忘不了,其他不需要的都不要。

小練筆

看完這篇周記,你有甚麼感想或啟發?

我認為_____

_____

_____

_____

寫作提示

寫作時,個人的感受與想法並不一定要到最後一段才寫出來,可以隨事件發展,穿插其中。抒情有分直接與間接,表達自己或角色的想法也可以分直接與間接的手法,例如可以直接地讓人物對身邊的事物人物表示評價,亦可在敍述故事情節的同時,塑造人物形象,讓作者或角色的想法態度不言而喻。

23 課外活動周

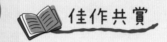

組織及寫作手法

佳作共賞

周記的開始格式恰當。

開首（第1段）：引入主題，表明這個星期是課外活動周。

正文（第2段）：回憶星期一刺激的班際乒乓球比賽，結果以一分之微險勝。

① 選材恰當：能以「刺激」作為主要氛圍，恰當且詳略得宜地，選取比賽前的蓄勢待發以及比賽時的聲音畫面等加以敘述，使讀者能置身其中，讀來饒有趣味。

② 用字精準：透過「微」及「險」表示比賽雙方分數差距極小，勝負可以因為極小的差距而逆轉，使讀者更能體會比賽的緊張刺激，選字巧妙而用心。

正文（第3段）：回憶星期三陶藝課製作陶泥杯的狼狽情況與成果。

四月二十日至四月二十六日

這個星期是學校的課外活動周，我的心情非常興奮。

星期一，整天最刺激的莫過於班際乒乓球比賽。①賽前，我班代表<u>穎童</u>已在旁熱身，蓄勢待發。比賽進行時，橙黃色的乒乓球在我眼前飛旋，雙方選手敏捷地揮打球拍，身體靈活地左右移動。打球時發出清脆悅耳的聲音一直縈繞耳畔。比賽剩下十五秒時，雙方的分數也是不相上下。這時<u>穎童</u>的一下「殺球」，讓對方措手不及，頓時手忙腳亂。計時器的聲音隨即響起，②<u>穎童</u>以一分之微險勝。因為得到了第一名，我班的歡呼響徹雲霄。我整天也陶醉於精彩的比賽和勝利的喜悅中。

星期三，第一節課便是陶藝課。老師給了我們一塊陶泥，讓我們在一部外型獨特的機器上做小杯。我和同學見過程不太繁複，紛紛摩拳擦掌，準備一展身手。怎料看似容易，實際上卻不易操作。有的同

學加入太多泥水，有的同學不懂控制腳踏力度，③ 結果把陶泥「飛」到四方八面，令老師哭笑不得。最後，在老師悉心教導下，每個人都完成了自己的作品。③ 雖然我的小杯外型「獨一無二」，但我也十分滿意。

　　星期五是課外活動周的最後一天。放學前，老師讓我們把這個星期最難忘的事情畫出來。很多同學畫了陶藝課時大家狼狽的模樣，而我畫了另一個難忘的畫面——我們取得乒乓球比賽第一名時，大家樂極忘形的畫面。班主任葉老師為我們拍照留念後，放學的鐘聲響起，一年一度的課外活動周在我們的歡笑聲中結束。

　　這個星期真是多姿多彩呀！既嘗試了新活動，也欣賞了精彩絕倫的乒乓球賽，令我大飽眼福。這星期令我充滿美好的回憶！

③ 善用引號：透過引號呈現出強調、幽默或暗示等效果，令讀者產生各種聯想，感受課外活動的各種美好，並令人會心微笑。

周
記

正文（第 4 段）：回憶星期五老師讓同學畫出課外活動周最難忘的事情，並記敍活動周的結束。

升級貼士

第 4 段可考慮回憶繪畫的過程，讓段旨從回顧一周活動轉變為記敍帶有歸納總結意味的一節課，使段落與前文同樣精采豐富。

總結（第 5 段）：抒發對課外活動周的評價與感受。

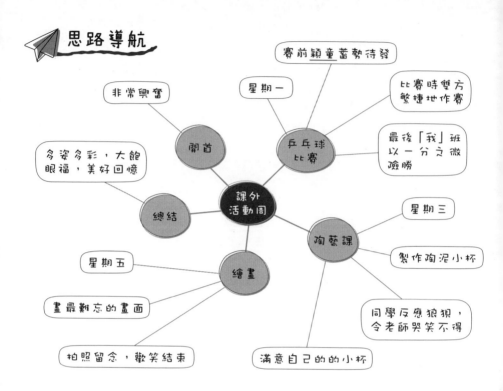

- 非常興奮
- 開首
- 多姿多彩，大飽眼福，美好回憶
- 總結
- 課外活動周
- 星期五
- 繪畫
- 畫最難忘的畫面
- 拍照留念，歡笑結束
- 滿意自己的的小杯
- 賽前穎童蓄勢待發
- 星期一
- 乒乓球比賽
- 比賽時雙方繁捷地作賽
- 最後「我」班以一分之微險勝
- 星期三
- 陶藝課
- 製作陶泥小杯
- 同學反應狼狽，令老師哭笑不得

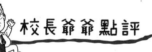

校長爺爺點評

用《課外活動周》作為周記題目最好不過，因為篇幅關係，作者只選記了乒乓球賽、陶藝課和繪畫、拍照最精彩的三天記述，是明智的抉擇。

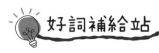 好詞補給站

蓄勢待發	左右移動	縈繞耳畔	不相上下	措手不及
手忙腳亂	響徹雲霄	摩拳擦掌	一展身手	四方八面
哭笑不得	獨一無二	樂極忘形	精彩絕倫	大飽眼福

 好句補給站

關於敏捷的句子

• 比賽進行時，橙黃色的乒乓球在我眼前飛旋，雙方選手敏捷地揮打球拍，身體靈活地左右移動。打球時發出清脆悅耳的聲音一直縈繞耳畔。比賽剩下十五秒時，雙方的分數也是不相上下。

• 有人處事敏捷、思想深刻，學道精勤，據說這樣算是好了。還是，他們受這些可見的好處所累，勞了筋骨，亂了心神？虎豹因為美麗而招人狩獵，犬猴因為敏捷而讓人綁住，這樣算是好了？還是算是以生命從反面引證了，淡淡和慢慢的美好？

周記

小練筆

試運用色彩描寫，記述一段與課外活動有關的經歷。

_____

_____

_____

寫作提示

可見的顏色與不可見的情感和味覺是息息相關的。例如紅色可以讓我們聯想到辣椒，也可以聯想到熱情或危險；橙黃可以讓我們聯想到水果，也可以聯想到快樂或光明。寫作時，不妨試試靈活轉換可見與不可見的事物，以虛寫實，以實寫虛。

24 農曆新年前

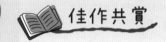 **佳作共賞**

開首（第1段）： 概述農曆新年前與家人做了很多準備。

正文（第2段）： 回憶年廿四當天，爸爸為自己剪頭髮。

① **明喻：** 把失手剪錯的頭髮比喻成亂啃的蘋果，準確而清晰，亦讓讀者產生豐富聯想，頗有趣味。

正文（第3段）： 回憶年廿五當天與家人換新的牆紙。

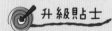 **升級貼士**

可以先從牆壁的原貌開始描寫，補充撕下或貼上新牆紙的過程，更進一步用以往的情況襯托出現今的煥然一新。

二月五日至二月十一日

在農曆新年前一個星期，我和爸爸、媽媽為迎接新一年做了很多準備工作。

星期五（年廿四），由於疫情嚴重，為了減低感染風險，我並沒有像往年一樣到髮型屋剪頭髮，而是選擇了由爸爸親自為我操刀。起初，我感到十分緊張，① 擔心爸爸一失手會把我的頭髮剪成像被亂啃過的蘋果一樣凹凸不平。但爸爸一邊和我聊天，一邊細心地替我剪頭髮，不知不覺間就替我換上了一個全新的、十分清爽的髮型，這真是令我喜出望外。

星期六（年廿五），我和家人一起為家中的牆壁換上新「衣裳」，由原來的米黃色轉為雪白。經過一番辛苦，家中變得煥然一新。

小作家檔案

姓名：蔡兆鋒　　年級：四年級

學校：聖公會基顯小學

星期日（年廿六），爸爸媽媽帶我到太子花墟購買年花。②花墟中有各式各樣的年花，例如：年桔、銀柳、五代同堂、桃花等等。之後，我們又去了花園街購買了賀年食品和揮春，這真是充實的一天！

星期二（年廿八），我負責整理自己的房間，爸爸負責抹地板和擦窗戶，媽媽負責收拾廚房。③經過這次大掃除，我才發現自己的電腦桌後面，電線都沾滿了塵埃，我決定時時刻刻都要保持家居潔淨，不然大掃除的時候會令人精疲力盡呢！

星期四（年三十），我和媽媽一起放置全盒，裏面有糖果，有瓜子，有開心果……我還和爸爸一起張貼揮春。這令家中增添了不少新年的氣氛呢！

我十分期待新的一年，希望我們能夠盡快戰勝疫情，大街上也能盡早回復昔日熱鬧的新年氣氛。

正文（第4段）：回憶年廿六當天與家人外出購買年花、賀年食品和裝飾。

②例子豐富：能舉出各式年花，可見作者熟悉年花種類，豐富段落內容。

正文（第5段）：回憶年廿八當天與家人一起大掃除的經過與感想。

③反思深刻：能就經歷反思，記述當時的想法，而且思考成熟，意識到保持潔淨的重要，使段落更見深度。

正文（第6段）：回憶年三十當天與家人準備全盒及張貼揮春。

總結（第7段）：抒發對新年的期待，並懷念昔日熱鬧的新年氣氛。

周記

思路導航

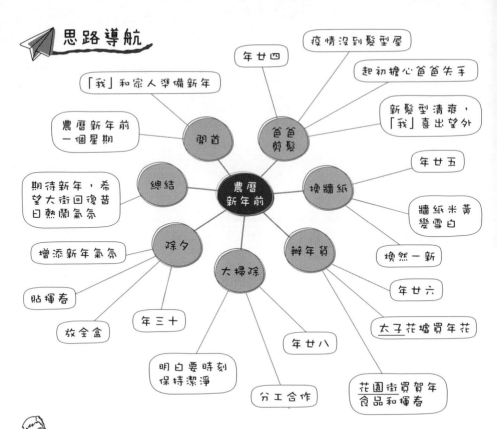

- 思路導航
- 年廿四
- 疫情沒到髮型屋
- 起初擔心爸爸失手
- 「我」和家人準備新年
- 新髮型清爽，「我」喜出望外
- 農曆新年前一個星期
- 開首
- 爸爸剪髮
- 總結
- 農曆新年前
- 換牆紙
- 年廿五
- 期待新年，希望大街回復昔日熱鬧氣氛
- 牆紙米黃變雪白
- 增添新年氣氛
- 除夕
- 辦年貨
- 煥然一新
- 貼揮春
- 大掃除
- 年廿六
- 放全盒
- 年三十
- 太子花墟買年花
- 年廿八
- 明白要時刻保持潔淨
- 花園街買賀年食品和揮春
- 分工合作

校長爺爺點評

作者記敍了農曆新年前一周的各種事項，過新年的習俗，如剪髮、佈置家居、購買年花、大掃除等按序寫下來，很有條理，內容充實。

好詞補給站

操刀	沾滿	啃過的	充實的	十分緊張
凹凸不平	不知不覺	十分清爽	喜出望外	煥然一新
各式各樣	賀年食品	時時刻刻	精疲力盡	新年氣氛

 好句補給站

關於新年的句子

- 花墟中有各式各樣的年花，例如：年桔、銀柳、五代同堂、桃花等等。

- 經過這次大掃除，我才發現自己的電腦桌後面，電線都沾滿了塵埃，我決定以後時時刻刻都要注意保持家中潔淨，不然大掃除的時候會令人精疲力盡呢！

✏️ 小練筆

周記

想像一下疫情真的非常嚴重時，我們到髮型屋會是甚麼情況？試加以描述。

> 由於疫情嚴重，為了減低感染風險，＿＿＿＿＿＿＿＿＿＿＿
> ＿＿＿＿＿＿＿＿＿＿＿＿＿＿＿＿＿＿＿＿＿＿＿＿＿＿
> ＿＿＿＿＿＿＿＿＿＿＿＿＿＿＿＿＿＿＿＿＿＿＿＿＿＿
> ＿＿＿＿＿＿＿＿＿＿＿＿＿＿＿＿＿＿＿＿＿＿＿＿＿＿

寫作提示

可以想像未來疫情嚴重時，我們會穿着甚麼更新更有效的防疫裝備、店舖可能會有甚麼更新更有效的防疫措施等，然後推測這些裝備與措施會怎樣改變我們日常的生活。

25 試後活動周

周記的開始格式恰當。

開首（第1段）：帶出試後活動周的整體情況，寓學習於遊戲。

正文（第2段）：回憶英語日的問答比賽及串字比賽，十分興奮。

① **選詞用心**：以「打頭陣」及「應戰」等戰爭用詞，比喻比賽如戰爭般激烈，選詞用心，別有趣味。

② **句式多變**：善用感歎號及不同詞語撰寫出不同的感歎句，句式多變，用字準確，抒發出驚訝、興奮及愉快等情感，引起讀者共鳴。

升級貼士

建議解釋英語比賽及攤位遊戲如何寓學習於遊戲，統一敘述主題。

正文（第3段）：回憶製作鹽水動能機械人的經過。

佳作共賞

六月二十七日至七月三日

　　這星期是學校的試後活動周，學校舉辦了不同的活動，寓學習於遊戲，我感到既愉快又充實。

　　活動周以星期一的英語日揭開序幕。在英語問答比賽中，我們班由<u>小琳</u>、<u>小謙</u>和<u>小蕾</u>① 打頭陣。他們以流利的英語對答，贏得了同學的熱烈掌聲。然後是串字比賽，我班先後派出了九位同學① 應戰。比賽十分激烈，我們 5A 班和 5E 班互不相讓，鬥得難分難解。 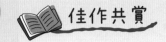 公佈賽果了，②5E 班以一分之差敗給我班，我們得了冠軍！我們興奮得手舞足蹈。

　　最令我難忘的，是星期三的「STEM 日」。我們分組製作鹽水動能機械人。我和好友<u>小琳</u>、<u>小恩</u>還有<u>小瑩</u>分成一組。不

過我們對製作機械人的步驟一竅不通，別說要製作用鹽水推動的機械人了，幸好有一位從大學來的大哥哥指導我們如何製作。③我們跟從大哥哥的指示，取出材料，一步步組裝，最後，我們小心翼翼倒入活性碳，注入鹽水。②機械人竟然動了，真神奇啊！

完成了機械人後，✒️我們到禮堂玩攤位遊戲。我最喜歡玩神奇水鋼琴，它是用七個裝了不同份量的清水的不鏽鋼杯子和七條鋼圈線組成的。我們按照老師的指示，先在錫紙板擦一擦手，再用手碰杯子，神奇的事情發生了，②杯子竟然會發出聲音呢！

這幾天的活動使我獲益良多，②原來學習知識可以這麼有趣的呢！

③ 敍述詳細：能仔細地把大哥哥的指示記述下來，逐步解釋機械人的製作步驟，可見活動令人難忘。

周記

正文（第4段）：回憶玩神奇水鋼琴的情況。

總結（第5段）：抒發自己對活動的喜愛，表示學習知識原來可以很有趣。

思路導航

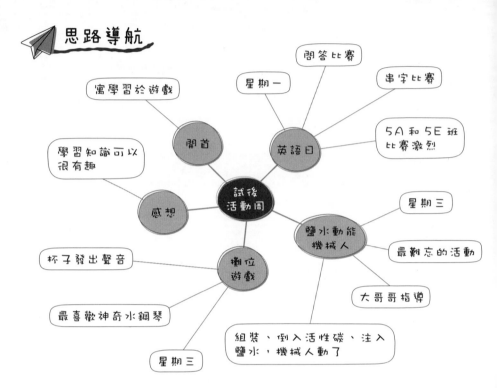

校長爺爺點評

用《試後活動周》這題目作周記，可敍述的題材較多，是聰明的做法。文中無論是英語問答或是串字比賽，都記敍了獲獎的興奮心情；另外製作鹽水機械人和玩神奇小鋼琴，作者也介紹得很清晰。用詞遣字十分恰當，值得一讚。

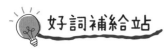 好詞補給站

| 充實 | 應戰 | 打頭陣 | 不鏽鋼 | 揭開序幕 |
| 熱烈掌聲 | 互不相讓 | 難分難解 | 一竅不通 | 獲益良多 |

 好句補給站

關於教導的句子

- 我們跟從大哥哥的指示，取出材料，一步步組裝，最後，我們小心翼翼倒入活性碳，注入鹽水。機械人竟然動了，真神奇啊！
- 我們按照老師的指示，先在錫紙板擦一擦手，再用手碰杯子，神奇的事情發生了，杯子竟然會發出聲音呢！
- 小鳥教我微小，青春教我自由，年月和美麗教我沒有永久。

✏️ 小練筆

你試過從比賽或遊戲中得到啟發或學到知識嗎？試簡單記述。

在＿＿＿＿＿＿＿＿＿＿＿＿＿＿＿中，＿＿＿＿＿＿＿＿＿＿

＿＿＿＿＿＿＿＿＿＿＿＿＿＿＿＿＿＿＿＿＿＿＿＿＿＿＿＿

＿＿＿＿＿＿＿＿＿＿＿＿＿＿＿＿＿＿＿＿＿＿＿＿＿＿＿＿

＿＿＿＿＿＿＿＿＿＿＿＿＿＿＿＿＿＿＿＿＿＿＿＿＿＿＿＿

＿＿＿＿＿＿＿＿＿＿＿＿＿＿＿＿＿＿＿＿＿＿＿＿＿＿＿＿

寫作提示

比賽與遊戲的本質固然可以使我們有所反思，例如思考競爭有助進步、勤有功戲無益之類想法是否合理。此外，比賽與遊戲的過程中亦可能出現一些令人得到啟發的內容細節，或會遇到未曾學過的知識點，這些都可成為寫作的素材，讓我們在文章中表達自己的想法。

26 難忘的假期

組織及寫作手法

周記的開始格式恰當。

開首（第1段）：記述農曆新年到<u>北京</u>過春節。

① 首尾呼應：能以春節作為主題，串連整篇周記的脈絡，在正文記述數件難忘事情的同時，以首尾段強調的「春節氣氛」、「春節味道」來分清文章結構，使周記的結構鋪排更清晰明確。

正文（第2段）：記述第一次乘搭高鐵和入住四合院。

正文（第3段）：描述四合院的歷史和建築特色，表現它的古色古香。

② 資料充足：能介紹四合院的歷史、結構及內院細節，令人增廣見聞，對四合院有更深的認識。

佳作共賞

一月二十三日至一月二十九日

　　這個星期，爸媽帶我和姐姐到<u>北京</u>歡度農曆新年，① 令我體會到不一樣的春節氣氛。

　　星期六早上，我和家人一早到達高鐵站。我十分興奮，因為這是我第一次乘搭高鐵。今次的旅程跟以往不同，我們不是入住酒店，而是住在<u>北京</u>胡同裏的四合院，媽媽說這樣才更了解<u>北京</u>的風土人情。

　　第二天中午，我們一家迫不及待地參觀這座四合院。② 原來四合院歷史悠久，早在三千多年前已出現了。它是由東、西、南、北四面房屋圍合起來的住宅，中間形成一個內院。內院的一角種了一棵高大的樹，樹下有一張石桌子和四張石椅子，可坐下聊天或乘涼。這裏古色古香，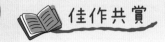充滿了老北京的風情，我覺得住在此處就像回到古代去了。

大年初一晚上，我們一家人去逛著名的王府井小吃街。街道五光十色，小吃種類多不勝數、五花八門。有香噴噴的羊肉串，有令人生畏的烤昆蟲，有吹糖人表演，但我最喜歡的還是冰糖葫蘆。到處都是商販的叫賣聲，熱鬧非常。

大年初二，我們前往北京地壇廟會。那處人頭湧湧，張燈結綵，充滿了新年氣氛。③不同的表演一個接一個，有舞巨龍、相聲、歌舞、走高蹺等，讓人眼花繚亂。我覺得有趣的是戴了面具的大頭娃娃表演，令我捧腹大笑。

快樂的時間很快就過了，短短的七天行程，①讓我過了一個與別不同，最有春節味道的新年，我真希望春節的傳統習俗可以一直傳承下去。

正文（第4段）：記述在王府井小吃街所見的小吃及熱鬧情景。

正文（第5段）：記述在地壇廟會的所見所感。

③例子豐富：能舉出廟會中不同的特色表演，使讀者更能體會表演如何一個接一個使人眼花繚亂。

總結（第6段）：總結對七天行程的整體感受，祈望春節習俗可以傳承下去。

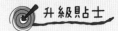
升級貼士

未能解釋甚麼是「老北京的風情」，建議從四合院的更多特色細節出發，加以解說，或與香港等更熟悉的地方作文化風情上的比較。

周記

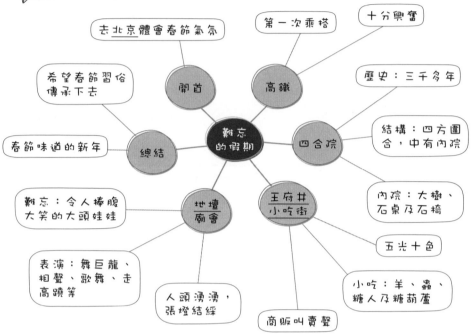

思路導航

- 難忘的假期
  - 開首
    - 去北京體會春節氣氛
  - 高鐵
    - 第一次乘搭
    - 十分興奮
  - 四合院
    - 歷史：三千多年
    - 結構：四方圍合，中有內院
    - 內院：大樹、石桌及石椅
  - 王府井小吃街
    - 五光十色
    - 小吃：羊、蟲、糖人及糖葫蘆
    - 商販叫賣聲
  - 地壇廟會
    - 人頭湧湧，張燈結綵
    - 表演：舞巨龍、相聲、歌舞、走高蹺等
    - 難忘：令人捧腹大笑的大頭娃娃
  - 總結
    - 春節味道的新年
    - 希望春節習俗傳承下去

校長爺爺點評

作者只是四年級學生，卻能把北京過春節的氣氛，寫得淋漓盡致。

北京的四合院、王府井小吃街和地壇廟會，都是當地特色。作者能深入淺出介紹，令讀者有處身在其中的感覺，寫得很好。

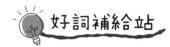

好詞補給站

風情	風土人情	歷史悠久	古色古香	五光十色
多不勝數	五花八門	令人生畏	熱鬧非常	人頭湧湧
眼光繚亂	捧腹大笑	與別不同	傳統習俗	傳承下去

好句補給站

關於北京景點的句子

- 四合院歷史悠久，早在三千多年前已出現了。它是由東、西、南、北四面房屋圍合起來的住宅，中間形成一個內院。內院的一角種了一棵高大的樹，樹下有一張石桌子和四張石椅子，可坐下聊天或乘涼。

- 街道五光十色，小吃種類多不勝數、五花八門。有香噴噴的羊肉串，有令人生畏的烤昆蟲，有吹糖人表演，但我最喜歡的還是冰糖葫蘆。到處都是商販的叫賣聲，熱鬧非常。

周記

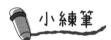

小練筆

香港的新年有令你難忘的特色嗎？試簡單記述。

我覺得香港＿＿＿＿＿＿＿＿＿＿＿＿＿＿＿＿＿＿很令人難忘。

＿＿＿＿＿＿＿＿＿＿＿＿＿＿＿＿＿＿＿＿＿＿＿＿＿＿＿＿＿

＿＿＿＿＿＿＿＿＿＿＿＿＿＿＿＿＿＿＿＿＿＿＿＿＿＿＿＿＿

＿＿＿＿＿＿＿＿＿＿＿＿＿＿＿＿＿＿＿＿＿＿＿＿＿＿＿＿＿

＿＿＿＿＿＿＿＿＿＿＿＿＿＿＿＿＿＿＿＿＿＿＿＿＿＿＿＿＿

寫作提示

在香港，新年常見的事物往往講究彩頭，可能是粵音上有特別意思，或者是意義上有特殊寓意。如果你對新年有特別喜歡的特色，不妨問問家人或查查背後的象徵意義。

27 令人難忘的小貓

組織及寫作手法

周記的開始格式恰當。

開首（第1段）：回憶起初照顧小貓的情況。

① 明喻：把小貓抓沙發的行動比喻成找食物、把利爪比喻成荊棘，使小貓的形象更活靈活現，引領讀者想像，令讀者對小貓的印象更深刻。

正文（第2段）：回憶小貓把家中的東西打破弄亂，並埋下伏線指幾天後對小貓有了新看法。

正文（第3段）：回憶小貓替「我」消滅昆蟲後把它推給「我」，帶出與小貓相處的歡樂時光。

升級貼士

可以多加描述與小貓遊戲的情況，為周記結尾的抒情部分作鋪墊，以更多美好回憶呈現小貓令人難忘。

佳作共賞

二月三日至二月九日

　　星期天，表姐因出國旅行，於是把她家的小貓送來給我們照顧。我起初有點手忙腳亂，不知所措，因為我從來沒有照顧過小貓，亦不熟悉牠的習性。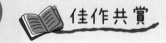中午時，活躍的小貓用雙爪抓沙發，像在找東西吃。我馬上上前阻止，怎料，給牠尖銳得像荊棘一樣的利爪抓了一下，痛得我哇哇大叫起來！

　　星期一，吃晚飯時，小貓把碗碟打破，弄得媽媽十分生氣。牠像頑皮的小猴在客廳亂蹦亂跳，使家裏的東西亂得一團糟。這隻小貓真的令我煩厭，但過了幾天，我對牠有另一種看法。

　　星期四，小貓竟然乖乖地坐在地上，原來牠也有可愛和乖巧的一面呢！我吃完早餐後，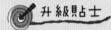便和牠一起玩耍。我覺得照顧小貓是有趣的事，我們還玩了一些有趣的遊戲呢！②突然，我看見一隻蟑螂在地上爬，嚇得我縮成一團，只有小貓勇敢地和

蟑螂搏鬥，最後還一巴掌把蟑螂置諸死地。牠得意洋洋地把死掉的蟑螂推過來給我看，像是送了一份珍貴的禮物給我，令我啼笑皆非！可惜，我和牠一起相處的時光太短暫了。

星期六，表姐來我家接回小貓，我不捨得和牠告別。表姐安慰我並承諾我隨時可到她家探望小貓。

想着，想着，我又流下對牠不捨的眼淚。③ 小貓，我會記住今周和你一起的快樂回憶，記住你向我撒嬌的模樣，記住你送禮物給我時那由衷的眼神，謝謝你。

② 情節生動：能透過與小貓共同經歷突發事件，具體準確地呈現小貓的個性及應對事件的態度、行為及神情，敘述方式生動有趣，活用誇張、比喻及感歎等手法，使讀者更能感受小貓令人難忘之處。

正文（第4段）：回憶表姐接走小貓。

總結（第5段）：回憶小貓令人難忘的地方，抒發對小貓的不捨、感謝與喜愛。

③ 情感真摯：撿拾小貓為自己帶來的回憶，向小貓呼告，坦誠抒發自己對小貓的感受，並以「又」字及排比句呈現深刻的情感，為周記寫下精彩而動人的結尾。

周記

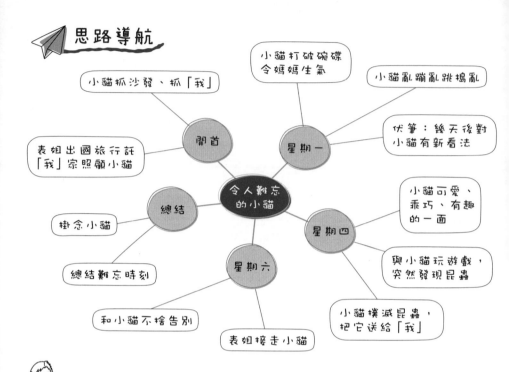

思路導航

小貓打破碗碟令媽媽生氣

小貓亂蹦亂跳搗亂

小貓抓沙發、抓「我」

伏筆：幾天後對小貓有新看法

開首

星期一

表姐出國旅行託「我」家照顧小貓

令人難忘的小貓

小貓可愛、乖巧、有趣的一面

總結

星期四

掛念小貓

與小貓玩遊戲，突然發現昆蟲

總結難忘時刻

星期六

小貓撲滅昆蟲，把它送給「我」

和小貓不捨告別

表姐接走小貓

校長爺爺點評

　　作者寫出在替表姐短暫照顧小貓的日子中，小貓如何抓沙發，在客廳亂蹦亂跳，弄得家中一團糟的情況，描寫得很詳盡。

　　有一次小貓更有趣地和蟑螂搏鬥，另外又記述作者閒時和牠玩耍的情況，寫來生動出色。

　　末段小貓離去時作者不自覺地流下不捨的眼淚，貼合主題《令人難忘的小貓》。

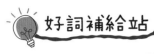

好詞補給站

習性	荊棘	告別	撒嬌	一團糟
由衷的	手忙腳亂	不知所措	哇哇大叫	亂蹦亂跳
縮成一團	置諸死地	得意洋洋	啼笑皆非	快樂回憶

好句補給站

關於難忘的句子

* 想着，想着，我又流下對牠不捨的眼淚。小貓，我會記住今周和你一起的快樂回憶，記住你向我撒嬌的模樣，記住你送禮物給我時那由衷的眼神，謝謝你。

* 若是有事難忘記，不如記在日記，記下忘了的誰，記下忘了的事。

小練筆

你會怎樣記述與小貓遊戲的情景？試擴寫第 3 段的內容。

> 我吃完早餐後，便和牠一起玩耍。_____
>
> _____
>
> _____
>
> _____

寫作提示

動態描寫是描寫變化中的事物，可以運用在描寫景色及人物。描寫景色時，側重於景色的變化，可能是本身就有動態的景物，亦可能是外力使其轉變；描寫人物時，可以寫聲線語調上的變化、神態轉變及行動等，透過動態反映人物的內心世界。

28 《撼時，我哋撐你》讀後感

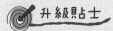 升級貼士

此處只指出故事的主題，若能配合故事情節略加記述，可使讀者對書本更印象深刻。

正文（第 2 段）：介紹印象最深刻的一篇故事。

① 引用：引述書中人物說話，這既是故事的主題句，也是讓作者本人最印象深刻的句子。

② 過渡句：以感歎語氣自然地帶出自己對故事的感受，並引入下文講述相關的經歷。

正文（第 3 段）：聯繫個人經歷，記述在探訪老人院中獲得滿足感。

佳作共賞

學校同學之間一直傳閱君比的書，我也迫不及待地看了一本她寫的《撼時，我哋撐你》。此書是以十個真人真事改編的故事，淋漓盡致地訴說青少年在成長路上遇到的點點滴滴。有迷惑、有功利、有自私、有捨己、有親情、有責任感……細讀每個故事，值得我們去深思：如果是我，該怎麼辦？

其中一篇故事《小丑奇遇記》讓我感觸頗深。故事中妙利參加小丑大賽遇到其好，其好是一名職業小丑，每場演出是需要收費的，但他的生活過得很苦澀。而妙利只是一個八歲的小女孩，她經常去學校和老人中心義務演出。妙利樂觀自信的生活態度感染了其好。① 文中有兩句：我一直認為做小丑只是一份工作，是賺取收入的工具，是你教曉我小丑之道！小丑最大的使命是令別人快樂，令人歡樂。應該拋開個人煩惱，全情投入享受每分每秒的表演。② 是啊！無論做哪項工作都有它的意義和樂趣，並要享受其中。

我想到了我自己，從幼稚園開始，我和媽媽經常去做義工，探訪老人院、親自賣旗幫一些機構籌款。每次去到老人中心

我都會唱歌和表演小提琴，③每當看到公公婆婆們一張張飽經滄桑的臉上洋溢着燦爛的笑容，跟我和着拍子手舞足蹈的樣子，我的心像喝了蜜糖一樣的甜蜜，⑤這種開心滿足的心情不正是和文中的<u>妙利</u>一樣嗎？

　　④還記得一個冬日寒風凜冽的早上，我和媽媽做義工賣旗籌款。站在熙熙攘攘的街頭，「早晨，可否幫手買支旗？」不知是天氣寒冷的原因還是……人們只是瞟了我一眼就匆匆離去。我很沮喪，這時走過來一位老伯對我說：「小朋友，天氣這麼冷，不如回家睡覺啦！」我委屈地扭頭望了望媽媽，她用堅定的眼神鼓勵我別放棄，我又鼓足精神繼續賣旗。因為我知道我的工作是有意義和樂趣的，去幫助家境貧寒的青少年有更多更好的資源去學習，去充實自己的人生。⑤這不正是<u>君比</u>說的，每樣事情，享受過程比收穫結果更重要嗎？

　　總括而言，這本書能讓青少年去思考在成長路上遇到的種種問題，產生共鳴，引起反思。是一次心靈的交融，一次與書中主角共同成長的歷程。

③ 人物描寫：仔細描寫老人們的樣貌、笑容和手舞足蹈的舉止，讓讀者更容易代入事件當中，體會作者看見老人們高興的滿足感受。

正文（第4段）：承接上一段，詳細記述參與義工的難忘經歷。

④ 事例：舉出深刻難忘的經歷，加強說明做義工的意義和樂趣，令讀者更能理解作者的情懷。

⑤ 扣連主題：每次提及自己的經歷後，都不忘連結書本內容；而有關經歷和感受亦扣連《小丑奇遇記》的主題，以個人經歷強化故事傳遞的訊息。

總結（第5段）：總結書本的價值，鼓勵讀者閱讀。

閱讀報告

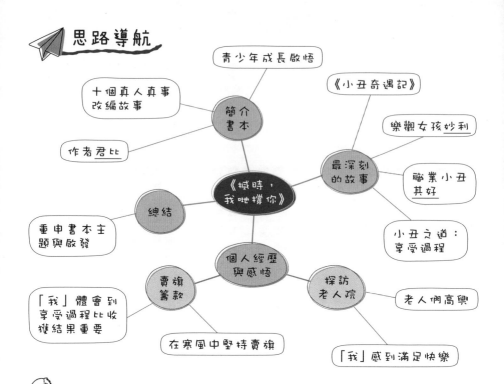

思路導航

青少年成長啟悟

十個真人真事改編故事

《小丑奇遇記》

簡介書本

樂觀女孩妙利

作者君比

最深刻的故事

職業小丑其好

《城時，我哋撐你》

小丑之道：享受過程

總結

重申書本主題與啟發

個人經歷與感悟

探訪老人院

賣旗籌款

老人們高興

「我」體會到享受過程比收獲結果重要

在寒風中堅持賣旗

「我」感到滿足快樂

校長爺爺點評

　　作者文筆很好，先概括寫出全書十個故事，內容有迷惑、有功利、有自私、有捨己、有親情、有責任感……然後專注描述其中一篇關於做義工的故事，詳細寫出讀後感想，再印證自己做義工的經驗和際遇。

　　篇末道出書本的可讀價值，鼓勵讀者宜多閱讀，是一篇十分出色的文章。

好詞補給站

迷惑	苦澀	拋開	扭頭	淋漓盡致
點點滴滴	感觸頗深	樂觀自信	全情投入	享受其中
飽經滄桑	寒風凜冽	熙熙攘攘	成長路上	心靈的交融

好句補給站

關於享受工作的句子

- 是啊！無論做哪項工作都有它的意義和樂趣，並要享受其中。
- 每當看到公公婆婆們一張張飽經滄桑的臉上洋溢着燦爛的笑容，跟我和着拍子手舞足蹈的樣子，我的心像喝了蜜糖一樣的甜蜜。
- 我知道我的工作是有意義和樂趣的，去幫助家境貧寒的青少年有更多更好的資源去學習，去充實自己的人生。

小練筆

試選擇一本書，簡介這本書的內容。

_____

_____

_____

_____

_____

_____

_____

寫作提示

書籍簡介是讓讀者了解書本內容。寫作時不宜過於詳細，要簡單明白，突出書本的特色賣點、主旨，並具備吸引力。

29 《賣火柴的女孩》閱讀報告

組織及寫作手法

內容概要（第1段）：簡介書籍主要內容。

①層遞：先寫火柴滅了，再一重重地展現火柴滅了後溫暖感覺、希望隨之消失，最後小女孩被凍死，事情愈趨惡化，情感也愈益沉重。

閱讀心得（第2段）：表達對書本的感受，引入下文。

🎯 升級貼士

第1段簡介故事內容，第2段可以交代故事的中心思想。另外表達對賣火柴女孩的同情時，宜多描述內心感受，以觸動讀者心靈，引起共鳴，吸引他們閱讀。

閱讀心得（第3段）：帶出本書引發的反思，並結合生活例子表達深刻的體會。

②舉例說明：作者結合自己的生活體驗來表達反思，儘管只是簡單平淡的生活經歷，卻比小女孩幸福一百倍，尤見故事主人公的不幸與作者內心的幸福。

📖 佳作共賞

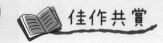

　　《賣火柴的女孩》是一個悲慘的故事。在饑寒交迫的除夕夜裏，一個小女孩被她的爸爸迫着到街上賣火柴，如果她未能賣出火柴，就會被爸爸打。小女孩在街頭太冷，所以擦亮了第一根火柴，她在火光中看到一個大火爐。火柴熄滅了，她又擦亮一根火柴，看到了一隻燒鴨背上插着刀和叉正走向來……她在幻覺中看到許多美好的東西，①火柴滅了，溫暖的感覺溜走了，希望也消滅了。最後，她凍死在街頭。

　　🎯一幕幕悲慘的畫面不禁讓我們同情。我想：如果她生活在我們這樣的家庭裏，這個故事結果就不一樣啊！

　　儘管我們不是生長在富裕的家庭，但是我和小女孩相比真是幸福一百倍。②我幾乎從未曾嘗過挨餓受凍的滋味，每天我有美味的食物，有溫暖的衣服。更重要的是，我在家裏有父母體貼入微的照料，在學校裏有老師和同學關懷備至的愛護。

③ 我能夠生活在富足的環境中，怎麼能不心懷感激？怎麼能不懂珍惜得來不易的幸福生活呢？我們又有甚麼理由不去努力學習？所以，我們從現在起要心存感恩，熱愛生命，在校當好學生，在家做好孩子，長大後為社會作出貢獻。

閱讀心得（第4段）：帶出本書改變自己的處事態度和展望未來。

③ 反問：雖然是疑問句，但答案不言而喻，帶出了作者的啟悟；也引起了讀者的注意和反思。

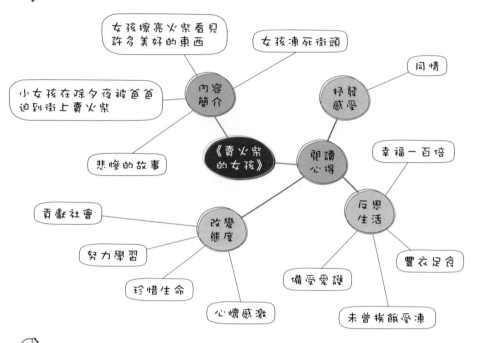

思路導航

女孩擦亮火柴看見許多美好的東西

女孩凍死街頭

小女孩在除夕夜被爸爸迫到街上賣火柴

內容簡介

抒發感受

同情

悲慘的故事

《賣火柴的女孩》

閱讀心得

幸福一百倍

貢獻社會

改變態度

反思生活

努力學習

珍惜生命

豐衣足食

備受愛護

心懷感激

未曾挨餓受凍

校長爺爺點評

作者詳細介紹《賣火柴的女孩》中主角的悲慘遭遇，最後更冷斃街頭。

由此引來作者對主角的同情，更寫出現今的人是如何的幸福，所以「身在福中應知福」，要常存感恩的心，熱愛生命才好。

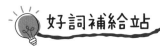 好詞補給站

擦亮	溜走	悲慘的	一幕幕	饑寒交迫
挨餓受凍	心懷感激	得來不易	心存感恩	熱愛生命

 好句補給站

關於感受的句子

- 火柴滅了，溫暖的感覺溜走了，希望也消滅了。最後，她凍死在街頭。

- 我幾乎從未曾嘗過挨餓受凍的滋味，每天我有美味的食物，有溫暖的衣服。更重要的是，我在家裏有父母體貼入微的照料，在學校裏有老師和同學關懷備至的愛護。

- 我能夠生活在富足的環境中，怎麼能不心懷感激？怎麼能不懂珍惜得來不易的幸福生活呢？我們又有甚麼理由不去努力學習？

✏️ 小練筆

你看了《賣火柴的女孩》這個故事後有甚麼感想？試撰寫一段閱讀心得。

```
_____
_____
_____
_____
```

閱讀報告

✏️ 寫作提示

對於同一個故事，不同的人可以有不同感受，因此閱讀心得的切入角度也有所差異。閱讀心得可以結合自己的生活經歷或社會現象來寫；寫出從中學習到的道理；寫出書本對自己的影響；對書中某個角色的言行作出評論；或對書本的情節提出疑問或批評等。

30 致謝辭

組織及寫作手法

稱呼：演講辭格式恰當。

開首（第1段）：交代演講原因，說明今天是畢業典禮，並代表畢業生致辭。

正文（第2-3段）：抒發即將離開母校的緊張和悲傷心情，表達對母校悉心栽培的感激之情。

① 排句：運用相似的語句交代緊張和悲傷的原因，使層次清楚，並有助加強語言和抒情感染力。

佳作共賞

各位嘉賓、校董、校長，各位家長、老師、同學：

大家好！今天是<u>聖公會聖安德烈小學</u>舉行畢業感恩崇拜暨畢業典禮的日子。我謹代表全體畢業生向大家獻上深切的謝意！

此時此刻，我們即將離開母校，前往陌生中學，開展另一個學習階段。我們心裏都充滿着緊張與悲傷。① 緊張，是因為要去面對素未謀面的新老師和新同學；悲傷，是因為要離開在這裏生活了六年的母校。我們在這裏汲收了許多知識，明白了不少人生道理，卻一眨眼就要離開，心中實在充滿不捨與難過。

然而，我們深信，即使離開了母校，也絕不會忘記母校的栽培，以及老師對我們的恩情。

　　另外，要感謝各位同學。感謝你們在困難時互相給予幫助，讓彼此感受到溫暖，也讓彼此的友誼愈來愈深厚。六年的小學生涯看似非常漫長，但實質相當短暫，讓我們更珍惜每一段友情。

　　最後，當然要感謝我們的父母。◎如果沒有你們的悉心養育、照顧和教導，我們根本不能成長至今。衷心感謝你們！

　　在此祝願母校作育英才、校譽日隆，祝願在座各位身心康泰、主恩永偕！謝謝各位！

正文（第4段）：表達對同學的感謝和珍惜之情。

正文（第5段）：表達對父母的感謝之情。

總結（第6段）：表達對母校及眾人的祝願。

升級貼士

畢業致謝辭主要表達對師生的感謝，第3段可多說說校長、老師和其他學校職員對同學的悉心照顧和教導。第5段寫父母也略嫌粗疏，可具體說說父母照顧同學日常起居飲食、供書教學，突顯他們經年累月照顧孩子的辛勞。

演講辭

思路導航

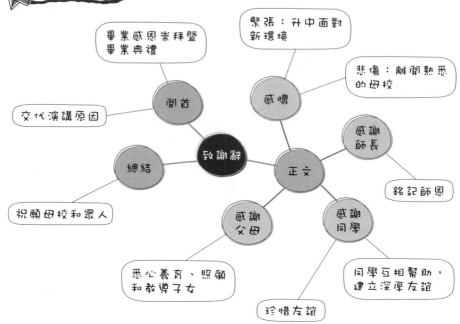

- 畢業感恩崇拜暨畢業典禮
- 緊張：升中面對新環境
- 悲傷：離開熟悉的母校
- 開首
- 感懷
- 交代演講原因
- 致謝辭
- 總結
- 正文
- 感謝師長
- 銘記師恩
- 祝願母校和眾人
- 感謝父母
- 感謝同學
- 悉心養育、照顧和教導子女
- 同學互相幫助，建立深厚友誼
- 珍惜友誼

校長爺爺點評

這是一套四本書中唯一輯錄的一篇演講辭，這類題材對小學生來說比較陌生，但本文作者能掌握到演講辭的稱呼格式，並將快要離開母校、升上中學的心情表達出來。

作者沒有忘記感謝師長的悉心教導、同學互相幫助和父母的養育恩情，可惜未夠詳盡，是美中不足的地方。

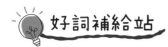

好詞補給站

開展	栽培	恩情	生涯	深切的
一眨眼	素未謀面	作育英才	校譽日隆	身心康泰

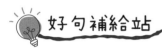

好句補給站

關於畢業致謝辭的句子

- 我謹代表全體畢業生向大家獻上深切的謝意！

- 我們深信，即使離開了母校，也絕不會忘記母校的栽培，以及老師對我們的恩情。

- 六年的小學生涯看似非常漫長，但實質相當短暫，讓我們更珍惜每一段友情。

小練筆

試改寫本文第 3 段和第 5 段，表達對老師和父母的感恩。

（1）然而，我們深信，即使離開了母校，也絕不會忘記母校的栽培，以及老師對我們的恩情。各位老師，_____

_____

_____

（2）最後，當然要感謝我們的父母。你們_____

_____

_____

演講辭

寫作提示

演講時可以引用詩句、名言、格言，使內容豐富，更具啟發性和感染力。

「小練筆」參考答案

1 一次參加比賽的經歷

表現非常出色。有人彈奏的是大幻想曲，篇幅宏大，當中牽涉的技巧艱深，大跳、音階、琶音、瘋狂的八度，甚至要左右手共同完成一個聲部的演奏，而每一顆琴音都輝煌燦爛。不用看她的神態動作，已可聽出她的情感跌宕磅礴，以旋律訴說出震撼人心的劇情。

2 停電了

我在黑暗中深深吸了一口氣，七月暑天的空氣原來是微濕的、微暖的，過了這麼多個夏天我才發現。再吸一口，這次感受到的是我家的味道，有點刺激、有點可靠、有點清新，這是出門很久、再次打開家門那一刹才可以感受到的味道，原來一直在我的身邊。

3 遠足記

石梨貝水塘令我覺得很獨特，因為很少有水塘的水位量尺放在樓梯旁，而且由於四周草木林立，水面倒映盡是翠綠，在類似貝殼的水藻味中，帶有淡淡雪梨的清香。

4 措手不及的生日

地板傳來微顫，似是有人躡手躡腳的步伐。我思考起整件事的來龍去脈，彷彿嗅到了謊言的氣味，但對於好友所言的「大驚喜」，卻好似已淺嚐到期待的那份微甜。我再用力地拍了拍門，以巫婆及大灰狼的腔調迷惑門後的人：「快開門！社區送溫暖來了！」好友的呼吸聲過了那麼久仍未平緩下來，打破了我對她運動好手的一貫印象，加上她的眼神一直追隨門縫隱約傳出的光影，使我更加好奇門後到底有甚麼大驚喜。

5 倒楣的一天

我用麵包機做了十多款麵包，很晚才睡覺。所以今早鬧鐘響起，麵包的香氣在家中四溢，我也不願起牀，還以為今天是星期日呢！昨晚設定麵包機的保溫功能時限已到，於是發出嘟嘟的聲音。我慢吞吞地爬起來，一看到今天是星期一，嚇得目瞪口呆，馬上咬住熱騰騰的麵包

6 「生涯財智策劃家」工作坊

我試過玩「生涯財智策劃家」桌上遊戲，那時我有一位隊友在訂下目標時選擇了十分豐盛的物質生活，結果整場遊戲她都在工作和賺錢，人際網絡、個人興趣與家庭完全沒有得到發展。這啟發了我如果在現實生活也是如此，把目標定得太高太單一，一切都只顧金錢與物質，到最後可能會發現人生白過。

7 勇敢的事情

在準備一場盛大的表演時，可能會為當中的挑戰而感到興奮，因為克服挑戰正正有克服挑戰的樂趣。

8 蟑螂進教室

放學後的操場頓時熱鬧起來，我們以書本為球拍，漫天飛舞的七彩紙團為球，提早開展一場迷你奧運會。平日只有認真與安靜的教室，如今充盈熱情與歡樂。汗水從額頭滑落嘴角，只在這刻，一切勝負都不重要，人人都能隨心充當選手或觀眾。歡笑與歡呼之間夾雜清脆的發球與擊球聲，直到七彩的花瓣在半空散落一地，我們才興盡而返。

9 一件令我尷尬的事

我拿起一些枯葉擋在大洞前，飛快而小心地衝向校務處。飛快是因為不想有更多人看到我這尷尬的模樣，小心是因為不想破開的大洞更大使我更尷尬。我從一道又一道有長形玻璃的教室門前一閃而過，躡手躡腳地在教室窗戶底下滑過。每經過轉角，我都用手錶反光的表面確保另一邊空無一人，若有，便要等到腳步聲飄然遠去。幾經波折，我終於感受到校務處的冰冷空氣，以及嗅到一室文件的紙張味。

10 倒楣的一天

正當我與哥哥聊得興起，白鴿從我們頭上飛過，灑下「小雨點」。不知道是因為哥哥長得比較高，還是純粹倒楣，「雨點」正中他的頭頂。／到我們趕着回家清洗的路途上，等過馬路時，哥哥總是習慣為了我的安全，讓我站到他的身後，結果他用身軀與衣裳把汽車濺起的污水都接住了，讓我和身後的途人沾不上半點水。／在家樓下，兩台電梯竟然故障！住

在三十多樓的我們，一邊拾級而上，一邊談天說地，講了今早未及講完的話題，流了一身久違的汗水。平時只需三分鐘的路程，結果走了三十分鐘。

11 我和家人到九龍公園遊覽

我和家人準備離去，大概彼此都察覺到有點戀戀不捨，流連忘返。「夕陽無限好……」爸爸一言說破我內心想法。所以，我不加思索便笑答：「只是近黃昏。」這次美好的旅程讓我感受到大自然的美麗，也感受到與家人同遊的快樂。我希望時可再得，齊齊整整到此重遊，一起與美不勝收的春光再會。看見家人的背影

12 給表姐的信

朗誦是要用感情、聲音和身體語言去演繹，感動觀眾。老師記得每次上課邀請你朗讀課文時，你總是能思考文章的感情，選擇吸引同學聆聽的聲音，配合適當的神情動作來朗讀。所以老師一看到這個比賽，馬上想起了你。老師並不在意大家在比賽時表現好不好，只想你也可以體驗一下努力準備比賽的感受，讓學校生活有多一種不同的經歷，而結果一點也不重要。現在距離報名截止時間還有很多，你不妨考慮自己有沒有興趣、能不能應付比賽前的準備，再來答覆老師？不論你的決定如何，老師都會為你認真考慮過而高興。

13 給十年後的我

「雜交水稻之父」袁隆平是一位令我敬佩的人。他雖然身價上千億，但仍謙稱自己生活平淡；雖有名譽地位，但對於中國年輕人在網上用他的照片製作「還是讓你們吃得太飽了」的表情包，他還是充滿幽默，繼而不失莊重地分享起自己經歷大饑荒中的駭人見聞。他決定做的，不是對災禍怨天尤人，也不是把時間花在追究責任，而是只求解決辦法，與眾多不為人知的農學家致力於基因改造水稻，爭取中國政府對轉基因水稻商業化的支持，希望使中國糧產增加，所以十分令人敬佩。

14 給外婆的信

您可用滑鼠雙擊點開上網用的瀏覽器。還記得是哪個圖案嗎？在香港時我幫您放在桌面左上角了。然後，您可以輸入我們學校的網址，萬一您

遺失了的話，也可以直接輸入「聖公會柴灣聖米迦勒小學」點擊搜索，第一個網站即是。登入後，記得把畫面拉到最底，因為老師把我的影片放在網頁底部，大約在「活動花絮」下面。找到後，點擊畫面上的三角形即可收看，願您歡喜。

15 給媽媽的信

我在幼稚園的時候，隨手在環保紙的背面畫了一幅媽媽的塗鴉。身為網絡畫家的媽媽偶然看見了，仔細地告訴我關於光影、筆觸、視角及調色等事，但我沒有放在心上。後來到了小學畢業，借用媽媽的手機時，才發現她當天把我的塗鴉拍了下來，成為了她在通訊軟件、社交網頁以及一切可以上傳照片的位置的頭像，直到今天仍未變改。

16「一人一花」的活動

對了，記得你說過自己一直未有機會種孜然花，不知道你看完這封信件後，會打算種種嗎？真的太久沒聯絡了，盼你有空回信。

17 嘉年華會

接下來，我抱住跟我大小相若的布偶和爸爸玩碰碰車。我把它安置在副駕，綁好安全帶，然後全速前進。我聽從布偶的意見，扭出一些刁鑽角度撞向對手，爸爸亦從旁包抄，讓其他對手插翼難飛。我們就這樣，在碰碰撞撞之中度過了美好的下午。

18 給李白的一封信

我會寫信給<u>李白</u>，因為<u>李白</u>除了詩藝高超非凡，劍法亦相當出色。他曾寫詩自誇自己可以「十步殺一人，千里不留行」，《新唐書》亦記載過他擊劍當遊俠，不重錢財常常施捨助人的形象。

19 給自己的一封信

既古怪，又苦悶。身邊沒有老師指導和同學陪伴，便開始以單人模式上課：我打開鏡頭，看不清老師對着機器的影片或「實時教學」，老師也看不清我們對着機器「上課」時疑惑的神情。困於家中電腦前，體驗到前所未有的限制，在沒有人的幫助下自己打開課本、自己做練習，自己學習。

20 給姐姐的一封信

我會希望到二零二一年的巴黎過聖誕，因為我的姐姐在那裏讀書，我們可以乘坐熱汽球飛到城市半空，看各處的巨大聖誕樹，還有古跡外牆圍上的超大蝴蝶結。

21 給大自然的一封信

我們甘願承擔一切後果，也希望彌補我們造成的一切傷害。為了自己，為了天地，為了眾生，希望世間不要再出現人類帶來的傷害與破壞。看到地球環境日益惡劣，我們深感後悔，希望現在認錯不會為時已晚。

22 寄養小狗

飼養寵物的家庭不太適合舉家遠遊，即使遠遊，也要把寵物交託給可以信任的人，確保寵物安全，也要確認對方的意願，不能勉強。如果飼養的是較有靈性的寵物，亦需讓牠們得知你出門的決定，並好好觀察寵物能否習慣與所託之人共處。此外，攜帶寵物出門時，除了要確保周遭環境及各種生物的安全外，亦要儘量確保寵物不會遭遇危險。

23 課外活動周

放學後，我們決定一起把這個星期最難忘的課外活動畫出來。構思時，未有頭緒的我們用毛茸茸的畫筆把大家搔癢得哈哈大笑起來，笑聲彷彿召回了過去一星期的美好回憶。我們調配起色彩鮮艷得好像有雜果香氣的顏料，聯手用圖畫烹調出一星期的甘甜。

24 農曆新年前

全身穿着保護衣的我在髮型屋大門前先從頭到腳灑上一身消毒藥水，然後以注射所有疫苗後才有資格申請植入體內的晶片，解鎖髮型屋的健康驗證電子大門，進內剪髮。髮型師的眼罩因為已經戴了大半天而佈滿蒸氣，但仍隨心地揮舞用後即棄的剪刀。我的眼罩上沾滿髮碎，但一想到撥開時沾滿的病毒透過手套入侵我的免疫系統，便教我毛骨悚然。三小時後終於剪完了，我抖掉了眼罩前的髮碎，看清了我的新髮型……我的頭髮竟剪成像亂啃過的蘋果一樣凹凸不平！

25 試後活動周

在英語問答比賽中，我們班代表以流利的英語對答，贏得了同學的熱烈掌聲，這讓我體會到學習外語的意義何在。然後是串字比賽，我們班以一分之微贏了考試成績最好的一班，原來那些把字典苦背下來，彷彿永遠用不着的生字也會有用得着的一剎那。

26 難忘的假期

我覺得香港的賀年食品很令人難忘。年三十吃的湯圓很難忘，哪怕一家人暫未團圓，但湯圓總有剎那的團圓。全盒中的「八甜」，總有一款是甜得難忘，而每一款都寓意過年有甜頭，很有意思。每年都會見到的金桔也很難忘，因為粵語的「桔」與吉祥的「吉」同音，所以看到金桔總會提醒自己今年吉吉利利。

27 令人難忘的小貓

我拿出平板電腦，播起傳說能為貓咪緩解焦慮的曲調，沒多久竟把小貓召喚了過來。我點開自己一直玩不好的捕捉蒲公英遊戲，一人一貓兩雙手，瘋狂亂打在畫面中飛舞的蒲公英。每次擊中，除了微抖，遊戲還會釋出啵啵的搞怪音效，讓一雙貓耳朵也微抖。不用多久，我們便攜手打破了人體極限的世界紀錄。也許對小貓而言實在太易，牠偶有分心讓賽的時候，但只要待機三十秒，遊戲便會以貓咪的語言喵喵地把牠邀請回來，然後又是一場血戰。

28 《撳時，我哋撐你》讀後感

《醜小鴨》是「童話大王」安徒生一篇家喻戶曉的故事，被視為作者本人的寫照。故事講述一隻天鵝在鴨羣中成長，因長相奇怪遭到鴨羣欺悔，還處處受到嘲笑、恐嚇、被追打，經歷種種磨難。沒想到樣貌醜陋的小鴨子有一天蛻變成美麗的白天鵝，牠最終撥開人生的重重陰霾，看見了光明，得到了幸福快樂。

29 《賣火柴的女孩》閱讀報告

《賣火柴的女孩》在 1845 年發表，距離現在有一百多年，儘管寫作年份久遠，裏面所描述的社會貧富懸殊情況，以及貧窮人士無法得到温飽的可

憐遭遇，仍然存在世界不同角落。遠的不說，我們看看自己生活的地方，有三餐不繼、沒有容身之所的流浪漢，有居住在環境極狹小的劏房戶，有撿拾紙皮和垃圾桶食物維生的駝背老人⋯⋯賣火柴的女孩就是社會貧苦大眾的縮影，提醒我們要關懷社會，多做善事幫助有需要的人。

30 致謝辭

(1) 不論課堂課外你們都全心投入，悉心教導、鼓勵、幫助我們，即使我們頑皮做錯事，苛責過後你們仍然給予我們改過機會，教曉我們實踐真理。在此，我謹代表全體畢業同學向你們致上衷心的感謝！

(2) 辛勞工作賺錢養家，給我們供書教學，每天照顧我們起居飲食，為我們的功課、考試和升學問題操心，這些年來見證着我們長高長大，現在即將踏進人生新里程。「誰言寸草心，報得三春暉」，各位爸爸媽媽，你們的恩情我們無以為報，唯有努力學習不負養育之恩！

鳴 謝

由衷感謝以下團體和人士

鼎力支持與誠摯配合本書出版：

聖公會小學

羅乃萱女士

陳謳明大主教

陳國強座堂主任牧師

鄧志鵬校長

張勇邦校長

何錦添牧師

黃智華校長

主編將版稅全數捐予香港聖公會聖多馬堂

策　　劃：陳超英

責任編輯：余雲嬌　謝燿壕

裝幀設計：Sands Design Workshop

排　　版：龐雅美

插　　畫：L.L

印　　務：劉漢舉

校長爺爺教寫作系列

寫出優秀實用文

主編｜謝振強

出版 / 中華教育

香港北角英皇道 499 號北角工業大廈 1 樓 B 室

電話：（852）2137 2338

傳真：（852）2713 8202

電子郵件：info@chunghwabook.com.hk

網址：https://www.chunghwabook.com.hk

發行 / 香港聯合書刊物流有限公司

香港新界荃灣德士古道 220-248 號荃灣工業中心 16 樓

電話：（852）2150 2100

傳真：（852）2407 3062

電子郵件：info@suplogistics.com.hk

印刷 / 美雅印刷製本有限公司

香港觀塘榮業街 6 號海濱工業大廈 4 樓 A 室

版次 / 2022 年 3 月第 1 版第 1 次印刷

　　　2024 年 6 月第 1 版第 4 次印刷

©2022 2024 中華教育

規格 / 16 開（210 mm x 148 mm）

ISBN / 978-988-8760-77-0